徳 間 文 庫

底 惚 れ

青 山 文 平

徳 間 書 店

3　底惚れ

「おめえだから言うんだけどさ」

と仁蔵《じんぞう》は言った。

「五両あったら、昔、故郷《くに》で小作《こさく》をしていたときの田んぼが買えるんだ」

いったい、これで何度目だろう。さすがに聴き飽きて、もううんざりさえしない。

「その五両がようやく貯まった。年季が明けたら俺は故郷へ帰《けえ》るぜ」

仁蔵は五十の半ばらしいが、酒を飯代わりにする暮らしのせいだろう、七十近くにさえ見える。いくら一季奉公《いっきぼうこう》とはいえ、よく雇われたもんだ。

「赤の他人なら真《ま》に受ける奴だって居るかもしんねえ」

酒焼けした仁蔵の顔は目に入れずに、俺は言う。

「五両目当てに刺されたくなかったら口つぐんでちゃあどうだい」

「嘘じゃねえさ」

仁蔵はむきになる。まだ、むきにもなれるようだ。

「来月だ。来月になったら、もう俺は江戸に居ねえ」

来月は三月。人宿《ひとやど》から送られる一季奉公人の出替《でがわ》り時期だ。一年限りの武家屋敷勤めがもうすぐ終わる。歳《とし》と釣り合わねえ衰えぶりからしたら、仁蔵はこんどこそ雇い止めだろう。二人で三畳の下男部屋さえ失う。人別《にんべつ》も帳外《ちょうはず》れになるってことだ。だから、「江戸に居ねえ」のは嘘じゃなくなるかもしれねえ。江戸ではないこの世か、あの世かはわからねえが。

「わりいが明日早い」

俺は冷たい布団に潜り込んで、仁蔵に背を向ける。

黙って突っぱねりゃあいいものを、つい「わりいが」なんていう余計が口を衝《つ》いちまうのは仁蔵が俺だからだ。俺と仁蔵を分けるものは、ひと回りの歳の差くらいしかない。そして四十《しじゅう》を過ぎたらひと回りの歳の差なんて、戸の隙間から迷い込んだ雪の片《ひら》みてえに消えてなくなる。

明日、起きてみたら、俺は酒臭い息を吐きながら、ひと回り下の相方《あいかた》にくどくどほざいているんだ。「おめえだから言うんだけどさ」って。「五両あったら、昔、故郷で小作をしていたときの田んぼが買えるんだ」って。ない小判を見せびらかして、こいつが刺してくれたらなと願いながら。俺たちゃみんな、江戸染まぬ輩《やから》だ。

村では村に染まらなければ生きていけない。稲《いね》の暦《こよみ》にべったり躰《からだ》を重ねて、辛気臭《しんきくさ》い村《むら》掟《おきて》となんとか折り合う。田畑《でんぱた》の技も躰に入れなきゃなんねえ。やりたくもねえことを嫌《いや》でもやって、ようやっと喰える。村で生きれば村染まる。そいつが堪《たま》らなくなって欠け落ちてみりゃあ、江戸には一季奉公の口が溢《あふ》れている。

武家がかつかつになって、屋敷からお抱えの奉公人の姿は消えた。陸尺《ろくしゃく》も中間《ちゅうげん》も小者《こもの》もみんな一年こっきりだ。武家地は一季奉公で回ってる。旗本屋敷には譜代《ふだい》の家侍《いえざむらい》さえ居ない。よほどの大身《たいしん》でもなけりゃあ、一季奉公の百姓が侍の形《なり》して体裁《ていさい》をつくる。錆《さび》で抜けない二本を差して、〝拙者《せっしゃ》〟とか言う。江戸は躰さえ動きゃあその日から勤まる仕事で溢れている。

技なんぞ要らない。人とつながらなくたっていい。煩《わずら》わしさはうっちゃる。おまけに、てめえの足を動かして人宿を目っける必要もない。五街道の端《はな》の宿場の江戸四宿《えどししゅく》……千住《せんじゅ》、板橋《いたばし》、内藤新宿《ないとうしんじゅく》、品川《しながわ》の入り口には、人宿の番頭や手代が江戸上がりしたばかりの田舎者《いなかもん》に目を光らせている。右も左もわからねえうちに、寄子《よりこ》に囲い込まれるってわけだ。

四宿は江戸とはちがう。江戸は野放図《のほうず》に広がるばっかで、どこまでが江戸なのかは江戸が長え奴《なげやつ》ほどわからねえらしいが、四宿ははっきり江戸から外れる。千住、板橋の賑《にぎ》わいに度肝《どぎも》を抜かれて江戸に着いたつもりになっていた俺たちは、本物の江戸の風に吹かれる前に一季奉公の囲いに誘われて、村を欠け落ちたときの了見《りょうけん》のまんま江戸を生きる。放し飼いに馴れ切って、江戸をこさえる木組みのどこにも引っかからねえ。

で、俺たちは放浪する。幾つになっても定まりようがねえ。江戸に居て江戸染まぬ。江戸は言うかもしんねえ。おめえは誰だって。姿《すがた》、見えねえよって。居ねえ者《もん》は染めようがねえだろう。もう若かねえ俺たちはへへへと笑って照れ隠しをする。そして声には出さずに吐き捨てる。まともな台詞《せりふ》は言いっこなしだぜ。

「明日早い」のは言い訳じゃあない。まだ陽《ひ》が上がる前の七つ半、俺は旅支度《じたく》で勝手口《かってぐち》の土間《どま》に立つ。

月は二月で季節は春だが、彼岸《ひがん》はまだで夜のほうが長い。明け六つを待っていたら、屋敷は江戸の東の根岸《ねぎし》だし、それに女連れだ。西の青山《あおやま》から渋谷《しぶや》村へ抜けて、今日の泊りと決めた大山道《おおやまみち》の荏田《えだ》宿に着く頃にはとっぷりと陽が暮れちまう。

去年、大山詣《もう》でをしたという出入りの炭屋の話じゃあ、荏田宿界隈《かいわい》は夜んなると狼《おおかみ》が出るらしい。昼間は大山道の北沿いにある昔の城跡《しろあと》を根城《ねじろ》にして、うろつく犬やはぐれた鶏を狙うのだが、夜になると群れで宿場に下りてきて喰い物を漁《あさ》るのだそうだ。で、土地の者は陽が落ちたら戸を閉め切って、誰も出歩かないという。

用心のために匕首《あいくち》呑《の》んだが、狼の群れ相手に振り回すのは願い下げだ。それに女連れとはいっても相模国《さがみのくに》の里に戻る女の御供《おとも》で、こいつはたいそうな訳ありだ。大事をとりゃあ手前の宿で草鞋《わらじ》を脱ぎたいところだが、となると溝口《みぞのくち》泊りになって、女の里の高座郡《たかくらごおり》に着くにはもう一泊しなきゃなんなくなる。で、まだ暗いうちに発《た》つ。

旅に使う小さく納まる提灯《ちょうちん》を広げていると、手燭《てしょく》を持った用人の手嶋《てじま》が女と現れる。先に土間に降りて傍《かたわ》らに立つと大きく「では頼んだぞ」と言ってから、俺だけに聴こえる声になって「芳《よし》様には十両、お渡しした」と耳打ちした。「道中、くれぐれも注意を重ねてお護《まも》りするように」。

別にいまさら言わずとも、昨夜聞かされている。いかにも大金めかして十両を口にしたが、俺はしみったれてやがると呆《あき》れた。なのに、重ねて「十両だぞ」と念押ししてきて、俺は半月ばかり前に庭に落ちていた仔猫《こねこ》の首を思い出した。

烏《からす》がなにかを啄《ついば》んでいるのでなんだと思って見たら、切り取られた仔猫の首だった。その前の日に、離れた処からの斜《はす》の向きだが、俺は庭にしゃがんで野良の仔猫に餌をやっていた手嶋を見ている。手嶋は猫も犬も毛嫌いする。くんくんと寄って来る仔犬の横っ腹《よこっぱら》を、顔色変えずに蹴りとばす。めずらしいこともあるもんだと目を遣《や》っていたら、仔猫が喰ったものを戻し、手足を痙攣《けいれん》させて倒れた。石見銀山《いわみぎんざん》の鼠《ねずみ》捕りでも混ぜたんだろう。目を背《そむ》けて立ち去るにはそれだけで十分で、首切るところまでは見ちゃいねえが、屋敷でそこまで毒を煮詰めていそうなのは手嶋くらいのもんだ。どいつもこいつも毒溜め込んじゃあいるが、仔猫の首は掻《か》っ切るめえ。それから数日経った日にも首を咥《くわ》えて飛び立つ烏を見かけたが、こういう奴は歯止めが利《き》かねえ。俺はそのうち手嶋が仔猫じゃ我慢できなくなるんだろうと想ったものだった。

その仔猫じゃねえ獲物が、芳のようだ。あるいは芳と俺のようだ。手嶋が十両を念押しするのは、「くれぐれも注意を重ねてお護りする」ためなんかじゃあない。逆に、俺に芳を襲わせようとしているのだ。昏《くら》い路で柔らかい首ひねるだけで、十両が手に入るぞと唆《そそのか》している。／十両なんて見たこともねえだろう／おまえらが一生かかったってありつ

きようがねえ大金だ／そいつが庭木の枝を折るよりも簡単に手に入る／さあ、踏ん切れ／やると決めるんだ／

ひょっとすると、こいつは俺たちを付けるつもりなのかもしれない。いつ俺がやるか、わくわくしながらあとを追う。望みどおりに俺が絞めたら、悶《もだ》える芳を目で舐《な》め回して欣《きん》喜《き》するんだ。そうして、凶事を犯した俺を愉悦《ゆえつ》の笑みを浮かべながら誅殺《ちゅうさつ》する。

「承《うけたまわ》りました」と手嶋に答えながら、その手には乗らねえぜと俺は思う。おめえの薄汚《うすぎた》ねえ毒に付き合うなんざまっぴらだ。それにそんな危ない橋を渡らなくたって、半分の五両なら芳がらみできっと手に入る。それも、ただ口をきくだけでだ。おっかねえ十両と朝《あさ》飯前《めしまえ》の五両を選ぶとなりゃあ、五両を取るに決まっている。

「じゃ、芳様、参りましょうか」

俺は呉服屋の手代のような声をつくって呼びかけた。

戻ったら早速、中番屋《なかばんや》に足運ばなきゃなんねえと思いながら。

中番屋、と言ったって知る奴あ少ない。

大番屋のまちげえじゃねえのかい、と首を傾《かし》げる。

でも、あるんだ、中番屋は。

おおっぴらにはできねえ番屋だから、場処は大番屋のなかでもいっとう岡っ引きが集まる一軒のすぐ近くとだけ言っておこう。

大番屋は別名調べ番屋で、自身番《じしんばん》にしょっぴいた縄付きを取り調べるときに使うんだが、中番屋はまるっきりちがって、岡っ引きどうしが縄付きを取っ替えたり売り買いしたりする。縄付きの、もっと言やあ、事件そのもんの市場《いちば》といったところだ。

芝《しば》の岡っ引きが、浅草《あさくさ》で縄付きを挙《あ》げたとする。でも、東の浅草から西の芝までしょっぴくのは遠くて面倒だ。あとも、もろもろ手間がかかる。そんなときゃ、浅草の岡っ引きが抱えている頃合《ころあ》いの縄付きと交換する。頃合いなのがいなかったら売っ払《ぱら》う。最初はそんな理由で始まったが、そのうち事件そのものを取引するようになった。むろん、事件はカネになるからだ。

岡っ引きに給金は出ない。てめえで凌《しの》いでいかなきゃなんない。捕物の手柄重ねて御番所《ごばんしょ》に貸しをつくるまでになりゃあ、手札《てふだ》もらってる同心《どうしん》からまとまったものが渡されて、女房に商いのひとつも任《まか》せられる。顔が売れるから、まともな相談事もあちこちから持ち込まれるようになる。でも、そんな身ぎれいな〝親分さん〟はほんのひと握りしかいねえ。もともとが悪党のことは悪党がいっとうよくわかるってことで集めた連中だから、際《きわ》どいことだってお手のもんだ。縄付きの取引どころか、危なっかしくはあるがまだ罪には手を染めてねえ半端者《はんぱもん》を、無理やり縄付きに仕立てたりする。

で、野郎と関わりのある連中に持ちかけるんだ。このまんまいきゃあほんとうの縄付きになっちまうが、俺が口ききゃあ内済《ないさい》で済ますことができなくもねえ、ってね。身内や仲間内から縄付きを出すと、連座《れんざ》の制があるからあとあとひどく厄介《やっかい》だ。岡っ引きから水向けられたら、まず断われる奴はいねえ。

こいつがもっと行くと、縄付きのでっちあげも要らなくなる。大店《おおだな》の放蕩《ほうとう》息子が吉原《キタ》に入り浸って払いを滞《とどこお》らせる。いつでも払えるんだからどうってこともねえはずだが、派手な遊びっぷりが地回《じまわ》りに目を付けられてるようだぜ、って岡っ引きが親の主人に注進《ちゅうしん》したらどうだ。跡取《あとと》りの躰も大事《でえじ》だろうし、騒ぎになるだけだって看板が疵《きず》つきゃあしねえかい、と出られりゃあ、ま、とりあえず、とりなしを頼んどくかってことになる。

看板守んなきゃなんねえ家や外聞《がいぶん》憚《はばか》る家は、脛《すね》に疵《きず》持たなくたって頼みを入れる。かすり疵でもありゃあ、なおさらだ。だから、脅す連中は、旗本がらみだって大名がらみだって、おとなしく退《ひ》いたりはしない。ツボさえ押さえりゃあ、武家ほど外聞が先に立つ家はないから、いい商いになるらしい。

で、中番屋はいよいよ繁盛して、筋のいい疵話《きずばなし》はいつも足りねえ。岡っ引きの手下《てか》でもねえ俺が出入りしているのもだからだ。別に商いのネタになる話を売って泡銭《あぶくぜに》手に入れるために武家の一季奉公をつづけてるわけじゃあねえが、想いもかけずに生まれて初めて小判を手にしてからはその気で聞き耳立てるようになった。いまじゃ中番屋でも顔を覚えられるくらいにはなっている。だから、手嶋の十両にはぐらりともしねえ。迷わず、口きくだけの五両を取る。芳の一件なら立派に売れる。

大事な外聞ぶっ壊す巷《ちまた》の噂の勢いは、流す奴らの数と熱で決まる。こんときばかりは、江戸に染まりたくても染まれねえ輩が主役張る。やたら数が居る上に、溜め込んだぶすぶすの熱が比べもんになんねえ。だから中番屋は江戸染まぬ輩に受ける話を仕入れたがる。世間から嗤《わら》われる奴らが嗤える話を仕入れたがる。お誂《あつら》え向きが武家の疵話だ。弱《よ》え者《もん》は弱え者を嗤う。大店《おおだな》の商家は嗤おうとしても空《くう》を切るが、いまの力がなくなった武家ならその気で嗤える。芳の話はぴったりだ。

俺と芳があとにしてきた屋敷は、ある大名家の江戸屋敷ってことになる。ただし、上屋敷でも下屋敷でもない。

言ってみりゃあ、藩がてめえのカネで手当てする抱《かかえ》屋敷になるんだろうが、それにしちゃあずいぶんと小ぶりで、大店の別荘にあっさり負ける。だから使用人も少なくて、下男二人と下女二人、それに飯炊きの婆さん一人しかいねえ。藩士も用人の手嶋一人だけだ。この小っちゃさがまず嗤える。

物置代わりに使うってんなら小っちゃいとは言えなかろうが、そうじゃあねえ。手嶋は屋敷の主《あるじ》を「御老公《ごろうこう》」と呼ぶ。いかれた手嶋のことだからどうせ与太《よた》だろうと踏んでいたらほんとうらしい。「御老公」は御老公らしい。隠居した先代の殿様だ。代を譲《ゆず》った当座は下屋敷に居たらしいが、いまの殿様から目障《めざわ》り呼ばわりされて、根岸の里と言やあ聞こえはいいが、周りが畑だらけで肥《こえ》の臭いが届くことさえあるちっぽけな別荘を借りた。いくら一万石をちっと超えただけの田舎大名とはいっても情けなかねえか。

この御老公がまた嗤えるんだ。老公なのに若い。なんと二十一だ。殿様を退いたのは二年前だから、老公になったときは十九歳だった。貧乏藩がいよいよ大名の看板下ろすかってとこまで追い込まれてさ。十九の殿様を御老公にして、余所《よそ》の大名家の三男坊だかを新しい殿様に据えたらしい。その殿様に付いてくる持参金で、急場を凌《しの》ごうとしたってわけさ。こうなると、俺の目にだって老公が不憫《ふびん》に見えてくるってもんだが、ほらっ、弱え者は弱え者を嗤うからさ、こういう哀れっぽいのが嗤えるんだよ。芳の話にしたってそうだ。老公は十九で老公になった。いまだって二十一だ。そりゃ、女が欲しいさ。でも、なにしろ御老公だから、奥方は迎えらんねえ。で、下女の一季奉公してた三つ歳上の芳がとりあえず御相手を勤めることになった。手嶋が水向けたら二つ返事で受けたらしいぜ。まんま〝相模の下女〟さ。

江戸で誰からも馬鹿にされるのが〝越後《えちご》の米搗男《こめつきおとこ》〟と〝相模の下女〟だ。〝越後の米搗男〟は〝椋鳥《おしな》〟とも呼ばれる。冬の出稼ぎの頃になると越後から小さな群れで江戸を目指して、やがてそいつらが集まってでっかい群れをつくる。その群れ方がムクドリそっくりだってわけで〝椋鳥〟になった。押し寄せた〝椋鳥〟は米搗きだろうと水売りだろうと、人の嫌がる仕事を安いカネで請けて手間賃の相場を下げる。そりゃ、好かれはしねえや。

〝相模の下女〟のほうは、垢抜《あかぬ》けねえ代わりに気がいいのが取《と》り柄《え》だが、尻が軽くて誰とでも寝るってことになってる。なんせ、江戸のある武蔵《むさし》とひっついてるから、相模の薄ら寒い村で口減らしといやあ武家奉公だ。当然、江戸の武家屋敷じゃあ、相模の在《ざい》から出てきた下女ばかりが多くなってやたら目立つ。で、そんな埒《らち》もねえ巷語《こうご》も生まれたんだろうが、いるんだよ、真《ま》に受ける馬鹿《ばか》が。芳は自分から〝相模の下女〟に嵌《は》まって、そういう頓珍漢《とんちんかん》野郎をまた増やしちまったわけだ。

でも、老公は果報《かほう》だったと思うぜ。俺は去年の三月からだが、廊下で初めて会ったときの芳は、紺と茶の縞木綿《しまもめん》に襷掛《たすきが》け姿で雑巾を絞っていた。手が付いたからって、御部屋様《おへやさま》然なんてしちゃいねえ。手嶋もさすがにどう扱ったものか困惑したらしいが、芳のほうから下女のままでいることを望んだようだ。躰を動かしていたほうが楽だからってね。働いてねえと、気が休まらねえ女なんだよ。

　見た目もまんま〝垢抜けねえ代わりに気がいい〟だ。けど、芳に限っちゃあ、〝垢抜けねえ〟は揶揄《やゆ》する言葉じゃあねえ。陽《ひ》をいっぱいに吸った稲藁《いなわら》みたいなあったかさが、逆に男にはぐっとくる。俺なんざ、てめえが放り出しちまったもんを見せつけられるようでさ、勤めた当座は寝つきがわりい日も多かった。取り戻しようもねえもんが目の前にあるってのは酷《こく》さね。でも、老公は若者《わかもん》だからさ。若《わけ》えのにいろいろあった若者だから、なによりの相手だったろうよ。芳は疲れに効くんだ。

　そういうわけで、芳と老公はしっくりいって去年の秋には子もできた。男の子だ。二人は喜んだけど、同じ頃、三十過ぎの殿様にも子が生まれてね、けど、そっちは女の子だった。それだけで、家中《かちゅう》の気配が妙な風に変わったらしいよ。手嶋の話じゃあ、老公が老公になるときも、小っちゃな藩がまっぷたつに割れる寸前になって、いまでもけっこう燻《くすぶ》ってるらしい。芳の子は血筋で言やあずっとつづいてきた大名家の血を引くわけだから、十分に火種《ひだね》になるってことなんだろう。で、誰が仕組んだかは知らねえが、芳は宿下《やどさ》がりって始末になった。二度と戻らねえ宿下りにな。芳と老公は気も肌も合うから、一緒に居たらこの先もぽこぽこ火種ができちまうってことなんじゃあねえか。

俺が奉公する前の屋敷のことは、なんてこたねえ、手嶋から聴いた。愚痴《ぐち》、垂《た》れ流すんだよ、手嶋は。

最初は一季奉公の下男にそんなこと話してなんになるんだと呆れたが、すぐにあきらめて右から左へ聴き流すようにした。適当に相槌《あいづち》並べるだけでまるっきり聴いちゃあいねえんだが、それでもひでえときは半日以上も側《そば》を離れないからさ、抜け切らなくて残っちまうんだよ、話が。

話す中身は一つしかない。なんで自分一人だけが、この屋敷で用人やらされなければならないんだっていう憤懣《ふんまん》さ。そいつを手《て》を替え品《しな》を替え、語りつづけるんだ。てめえをひたすら憐れんで同情欲しがるから、話は用人奮闘記になって屋敷内のあらゆる動きを話すことになる。勤めて何日も経たねえうちに、俺は屋敷の生き字引さ。

こっちは立ち働いてなんぼの下男で、愚痴の聴き役じゃあねえ。ただ聴かされるんじゃああんまり間尺《ましゃく》に合わねえから、さっさと中番屋に売りに行こうと思った。でも、結局、とどまった。芳がからむからさ。なのに、いまんなってまた持ち込む気になっているのは、昨日、芳に渡すカネが十両と聞いたからだ。いくらなんでも少なすぎるだろう。

老公の相手を勤めるとなったとき、手嶋は月々雀《すずめ》の涙《なみだ》を渡そうとしたが、芳が断わったらしい。だからといって、はい、そうですか、はねえもんだ。下女の給金だけで二年も相手させて、まかりまちがったら次の殿様になるかもしんねえ子をつくらせて、あげく宿下りのひとことで芳だけおっぽり出しといて、それで得意げに「芳様には十両、お渡しした」はねえよ。

芳はもう二十四だ。里に戻っていい嫁入り話がありゃあいいが、もともと口減らしが当たり前の土地だ。たとえ縁付いたとしたって、それで万事安泰ってわけじゃねえ。暮らし向きのことだけじゃねえよ。いくら出稼ぎの下女奉公といったって、芳は江戸暮らしを三年積んでる。在しか知らねえ亭主だったら、どこをどうやっても合わねえことだってあんだろう。

俺たちとおんなじ奉公人の飯を食って、老公の面倒見て、下女勤めも手抜きなしだった屋敷での芳を知ってりゃあ、せめて、これからどう転んだって、とりあえず先立つものだけには困らねえようにしてやりてえじゃねえか。いくらで売れるかは知んねえが、わるくともあと十両は持たしてえ。

芳がどう思ってるかはわからねえ。実あ、一年も同じ屋根の下に居ながら、まともに話したことがねえんだ。なまじ親しくすりゃあ、やっと飼い慣らした取り戻しようのなさがむずかるだけだ。だから、むろん、芳から頼まれたわけじゃあねえよ。こっちの押し売りさ。

むろん、一泊二日のどっかで断わりは入れるが、芳の気持ちを聞くつもりはない。カネを受け取る相手に、口をきかせちゃいけねえや。こっちで気を利《き》かす筋合のもんだろう。そうするつもりだってだけ伝えて、芳がなんにも言わなかったら、さっさと進めりゃあいいんだよ。俺の腹のほうは昨日の夜のうちに固まった。

この二、三日、芳の顔は見ていなかった。さすがに下女は休みにして、老公と残りのときを過ごしていたんだろう。間《ま》を置いて会った芳は、どこかしら見知った芳とちがう気がして、歩き出してからも口数が少なかった。こっちが、この先の路《みち》、気をつけて、とか言うと、はい、と返事をするくらいで、心ここにあらずって塩梅《あんばい》だ。そりゃ、そうだろう。乳飲子《ちのみご》置いていかなきゃなんねえんだから。ふつうでいるほうがおかしいや。

その代わりということもねえが、俺が、気をつけて、を言う機会はたびたびあった。大山道は街道とはいっても、五街道とはちがってきっちり整ってるわけじゃねえ。何年か前に青山の百人町《ひゃくにんちょう》近くの下屋敷に奉公したことがあったんで、玉川《たまがわ》の手前くらいまでなら多少の土地勘があるんだが、路幅はおおむね二間《けん》もなくて、草木が繁ったところだと大人二人がすれちがうのがやっとになる。道玄坂《どうげんざか》の坂上なんぞは、杉や赤松が空を塞《ふさ》いで午《ひる》でも昏いくれえだ。急坂だって多い。宮益町《みやますちょう》の富士見坂《ふじみざか》は滑り落ちないように小石を敷いて丸太を打ってあるし、上目黒《かみめぐろ》村の大坂《おおさか》が団子坂《だんござか》とも呼ばれるのは、坂上で落とした団子が坂下まで転がるからと言われるほどだ。で、俺と芳は、気をつけて、と、はい、だけ言いながら、池尻《いけじり》村で朝を迎えた。

芳が、はい以外の言葉を初めて口にしたのは、その池尻村でだった。「休むか」と呼びかけても首を横に振るばかりだったのに、自分から足を止めて「立ち寄りたいところがあるんですが、いいですか」と言った。

「どこだい」

俺はあくまで下男と下女として話した。出るとき「芳様」なんて呼んだのは手嶋への当てつけで、屋敷でたまに芳と言葉を交わすときも下男と下女だった。芳もそれを望んでいる気がした。

「池尻稲荷《いなり》です」

「薬水《やくすい》の井戸か」

百人町での奉公のとき、御女中の御供の一人になって行ったことがある。汲《く》んだ水を病が治るよう胸の裡《うち》で三度唱えて飲むと治るってことで、ずいぶん遠くの村からも訪ねて来ていた。芳は目印の鳥居を目っけるとすっすと入って一心にお参りしてたが、井戸には足を向けなかった。「いいのかい」と言うと「ええ」とだけ言って踵《きびす》を返した。子の息災《そくさい》を願掛けしてたんだね。近在《きんざい》に知られてるのは薬水だけど、池尻稲荷は子育て稲荷でもあるんだ。

それで踏ん切りがつくはずもあるめえが、池尻を過ぎると、芳は少しずつ言葉が出るようになって、少しずつ芳らしくなっていった。俺の懐《ふところ》にはこの前に中番屋の用をしたときのカネがちっとは残ってたんで、午《ひる》はこのあたりじゃあいっとう知られた三軒茶屋《さんげんぢゃや》にしねえかと口にすると、芳は「おむすびをつくってきたから、瀬田《せた》の行善寺坂《ぎょうぜんじざか》の上でお午にしましょう」と言った。着くと、茶屋はいくらでもあるのに茶屋には入らず、寺の近くの草地で膝を折って、俺にも「ただの塩むすびだけど」と言って握り飯を勧めた。七つ半から休みもとらずに五里近くは歩いただろう。それでも音《ね》を上げねえし、あったけえ茶が飲みたいとも言わねえ。芳は「貧乏が染みついてるの」と言って弱々しく笑ったが、俺にはそこは生まれて初めて知る極楽だった。

行善寺の坂上はずいぶん高くて、眼下には玉川が白銀《しろがね》色の蛇みたいにきっらきらしてたし、丹沢《たんざわ》の山も秩父《ちちぶ》の山も甲斐《かい》の山も見渡せた。その向こうには、まだ真っ白な富士山《ふじさん》だって見晴るかすことができる。なによりも、傍らで膝を折っているのは芳だ。〝垢抜けねえ代わりに気がいい〟芳だ。まるで、一家そろって山に上がって馳走《ちそう》を広げ、春の息吹きを躰いっぱいに満たす春山入りみてえじゃねえか。腹に入れるのは握り飯と水だけだが、追い出される日の未明に芳が握った塩むすびはなによりの馳走だ。ずたずたの芳にはわりいが、俺はいまここで心の臓でも止まってくれたらどんなにいいだろうと思った。

「お百姓になんなくちゃ」

不意に、玉川を挟んで広がる水のない田に目を預けていた芳がぽつりと言った。

「百姓、か」

芳の顔を見るのもあと一日だけだった。もう、取り戻しようもねえもんを見ねえために突っ張ることもない。俺は素になって、芳を元気づける言葉を探したが、「百姓、か」しか出てこなかった。そういう言葉がすっと出てくる暮らしをしてこなかったのを思い知らされたし、てめえみたいな奴が元気づけるなんて縁起でもねえ気もした。でも、いまはてめえがどうこうより芳の先行きだった。言葉は出てこねえが素で居ることは止めずに、芳が百姓の女房にずっしりと納まることを念じた。

武家なんかじゃあなくて百姓の子をぽこぽこ産んで、でっぷり肥えて、もう、退《の》けようにも退けようがない立派な女房になるんだ。いや、立派な百姓になるんだ。百姓成立《ひゃくしょうなりたち》は女で決まる。男は田畑だけだが、女はぜんぶだ。田畑も子も家も食うも着るも、生きるすべてだ。芳ならなれる。芳もまた江戸染まらなかった。ただし、俺らとはまるっきりちがって、いいように江戸染まらなかった。だから、なれる。なれねえはずがねえ。俺はただ念じた。

屋敷を出るまでの頭んなかは、芳にいつ中番屋の一件を切り出すかってことばかりだったのに、いったん素んなってみると、事件を売り買いする中番屋はなんとも気分にそぐわなかった。とにかく荏田宿に近づくまでは口にしねえことに決めて、行善寺坂を下った。

下り始めはまだよかったが、途中の法徳寺《ほうとくじ》からの坂は急な上に曲がっていて、根岸から歩きつづけた足には応《こた》える。膝にくるのをなんとか散らして下り切ると六郷《ろくごう》用水が流れていて、板の橋が架かっていた。渡れば、芳が目を遣《や》っていた一面の田んぼだ。水が張られる前の田はなんとも捉えどころがねえが、さっき芳が見ていたというだけで色が差す。そんなてめえがおかしくて足を動かしながら思わず苦笑いすると、芳が顔を向けて「どうしたんですか」と訊《き》いてきた。

「いや、なにね」

なにかを答えられるはずもなく、咄嗟《とっさ》にはぐらかしたとき、ふっと、てめえが中番屋に顔出ししていた理由《わけ》に思い当たった。ずっと心当たってきたのは小判だった。手にできるはずがねえのに手にした小判に惹《ひ》かれて、中番屋と縁が切れねえんだろうと思ってきた。欲とはちがう。小判は俺にとっちゃあカネじゃない。俺の暮らしならカネはすべて銭《ぜに》でこと足りる。一朱判《いっしゅばん》ならたまに使うこともあるが、一分判《いちぶばん》となると用がない。ましてや両なんて無縁も無縁だ。なのに惹かれたのは御札《おふだ》だったからだ。なんの御札かはわからねえが、とにかく俺には小判は御札だった。仏壇みたいに光って、きれいで、なんか別段《べつだん》のもんがぎゅっと詰まってるみてえに重くて、ありがたみがあるじゃねえか。俺にはそのありがたみが要るんだろうと思ってきた。

でも、そうじゃあねえ。いまんなってみると、あれは爪痕《つめあと》だったんだってわかる。江戸染まぬ俺が江戸に立てた爪の痕だ。俺たちは江戸のどこにも引っかからない。けど、どうってこたあない。定まらねえてめえには馴れっこになっているはずだった。でも、馴れ切ることなんてねえんだろう。馴れ切ったつもりで、いつも取っかかりをまさぐってんだろう。でっかいつるつるした筒のなかをえらい勢いで流されながら、俺はどこでもいいから引っかかってくれと爪を立てた。爪が当たったのが中番屋で、爪に残ったのが小判だ。俺はかろうじて中番屋で江戸に触っていた。

その爪に込めていた力が、芳と素で向き合っていると知らずに抜けちまう。中番屋で江戸に触るより、芳で〝垢抜けねえ〟世界に触っていたほうがずっといい。だから、中番屋がそぐわねえ。でも、どうすんだい？ と、俺は浮かれたてめえに質《ただ》す。そりゃ、けっこうだが、芳と居るのも明日までだ、あさってからは、なんに頼ってなんに触るつもりなんだ。それに、芳に渡すはずのカネはどうする？ 〝とりあえず先立つものだけには困らねえように、わるくともあと十両は持たせる〟んじゃねえのか。その十両はどう工面《くめん》すんだ。そんな呑気《のんき》言ってられんのかい？

だから、そいつは……と俺は返す。

荏田宿に近づいたら考えるさ。

答になってねえのはわかってる。それ以上に、答えらんねえのをわかっている。でも、十両は渡すさ。ぜったい渡す。そいつだけはなんとしても違《たが》えねえと繰り返しながら、二《ふた》子《ご》の渡し場に向かった。

冬の玉川には柴橋《しばはし》が架かって、歩いて渡れるらしい。まず、川底《かわぞこ》に杭《くい》を打つ。杭の合間に柴粗朶《しばそだ》で組んだ柴束を詰める。上からでかい石を乗せて重石《おもし》にし、またその上に柴束を乗せる。春になって川の水嵩《みずかさ》が増すと流されて消えちまうが、でも、まだ二月だ。もしかしたらまだ残っているんじゃあねえかと願ったが、着いてみれば跡形《あとかた》もなく、へっと息が洩れた。見たことのねえ橋を渡れば、見たことのねえ処へ着けるとでも想っていたらしい。そりゃなんねえだろうと思いつつ、初めての玉川なのに見慣れた風《ふう》の渡しに乗った。

渡れば、そっから先はもう俺が足を踏み入れたことのねえ土地だ。いったいどんな辺鄙《へんぴ》な景色がつづくんだろうと想ったが、二子村にしろ、溝口にしろ、通ってきた江戸寄りの村よりもよほど街道沿いっぽい。でも、芳の話じゃあ溝口過ぎるとべらぼうに急な上り坂が待ち構えているらしい。あんまりきつくて腹が減るんで〝はらへり坂〟の異名があるそうだ。「じゃ、ちっと足を休めて備えねえかい」と持ちかけると、こんどは拒まずに茶屋に入り、熱《あつ》い茶で団子を喰った。

その日初めての湯気を立てる茶が冷えた躰に染み渡って、思わず息をつく。向き合って、拝むように湯呑《ゆのみ》を持つ芳の頰《ほお》が赤い。その赤を目でなぞりながら、なに、だいじょうぶだと俺は思う。気休めなんかじゃねえ、荏田宿に近づいたらきっといい考えが浮かぶ。いざとなったら浮かぶんだ。念じながらも、頭んなかじゃあ中番屋がちかちかしていた。

芳は女にしちゃあ足が強いが、なにしろ根岸からだ、荏田の手前の牛久保《うしくぼ》で陽が落ち始める。

足を早めて村を抜けると、大山道は広い葦原《あしはら》に分け入った。秣場《まぐさば》なんだろうが、野焼きはまだらしい。見渡す限り、枯れた葦が広がる。丹沢の向こうの暮れなずんだ富士山が紫がかって、「きれい」と芳が声を上げたが、そうしているあいだにも光は薄まって荏田を待たずとも狼が出そうだ。

路に倒れかかって行く手を塞いでいた枯れ葦を払おうとしたとき、脇でがさごそと音が立つ。ほんとかよ、と思いつつ芳の前に進み出て懐の匕首を取り出した。抜いて構えたとき、冬でも眠らねえ兎が跳び出す。藪《やぶ》から藪へ消えたとき、二人して顔を見合わせたが、笑いは出てこなかったし、俺は匕首を鞘《さや》に納めなかった。さして遠くねえところから遠吠えが聴こえたからだ。

兎が居るってことは兎を喰う奴が居るってことだろう。びくついた耳にまた遠吠えが届いたが、犬の鳴き声とはまちがいようがねえ野太さだ。まるで狼の狩り場の真んなかに紛れ込んじまったみてえで、息を吞んで一歩を踏み出す。あとから振り返りゃあ語り草になるんだろうが、あとから振り返れるかどうかがわからねえ。いったい、どこまでつづくんだとびくつきながら歩を進めつづけて、不意に葦原が切れたときには思わず歓声が洩れて笑顔の芳と手を取り合っちまった。

すぐに放したが、芳の働く手の感触《かんざわ》りは忘れねえ。江戸の手じゃなく在の手だ。土で洗われたことのある手だ。指先が覚えた肌のざらつきが胸底《むなそこ》を熱くして、ふっと納めたばかりの匕首を抜きたくなる。いま芳を刺して、てめえも首を搔っ切ったらどんなに幸せだろう。もう、こんなときは来ねえ。二度と来ねえ。手嶋の望んだとおりになっちまうが、ここでてめえを始末できりゃあ望外《ぼうがい》だ。

「この先は下り坂のはずです」

笑顔を残した芳が言う。

「もう、近いですよ」

子供の顔消して言ってんだろう。

なにをとち狂ってやがる！　声には出さずに俺はてめえを罵倒《ばとう》する。死ぬならてめえ独りで死にやがれ。

そんときだ。俺の腹が決まったのは。

一回こっきりだ。

あと一回だけ中番屋に顔を出して、芳に十両を渡す。

埋め合わせだ。ちっとでも慮外《りょがい》を想いついちまった埋め合わせだ。十両渡さずには済まねえ。そして俺が十両手に入れるとしたら中番屋しかねえ。

あと一回、疵話を売ろう。

爪を立てるんじゃねえ。芳の〝垢抜けねえ〟世界へのお布施《ふせ》だ。

俺は芳に断わりを入れる算段をする。荏田は馬市《うまいち》がもうすぐらしい。ずいぶん遠くから人が集まるようだ。宿場の通りを駆けさせて品定めさせるってんだから、ただの田舎の馬市とはちがう。旅籠《はたご》の部屋だってみんな埋まって、他人の耳を遮《さえぎ》るのは襖《ふすま》一枚だけってことだ。

旅籠じゃあ話せねえ。飯屋があっても話せねえ。じゃ、どこでどうすると思案して、いまだろう、と思った。

いま、ここでだ。首を巡らせても人影はない。人家も見えない。こうして歩きながら語るしかない。

「実あ、耳に入れておきたいことがあるんだが……」

なんとか踏ん切りをつけて話し出した。まっとうに話そうとするほどに、てめえの声がいかにも悪擦《わるず》れて聴こえた。

昨日の夕から、芳はほとんど口をきかない。俺が中番屋の一件を持ち出してからなのははっきりしている。あれから夕飯《ゆうめし》にも手を付けねえくらいに思案しつづけているようだが、なにを考えているのかは一切口にしねえ。たぶん、ゆうべは一睡もしてねえんだろう。それがわかるのは俺も一睡もしてねえからだ。

芳が止めてくれと言わねえ限り、中番屋の件は進めるつもりだったが、芳の気配はそんな安っぽい意気がりを許さねえものがあった。寝息を立てずに背中を向ける芳の隣りで、どうすりゃいいんだと繰り返すうちに障子が明るくなっちまった。

いっそ、昨日の話はなかったことにしてくれと言おうかとも思ったが、やはり、そいつは悪手《あくしゅ》だろう。たった一度でも逃げたらぜんぶが逃げと取られちまう。

「昨日、話した件なんだが……」

歩きながら切り出したのは、武蔵と相模を分ける境川《さかいがわ》を越えて最初の宿場の下鶴間《しもつるま》を過ぎるあたりだった。

行く手には藤沢《ふじさわ》へ向かう滝山道《たきやまみち》との辻《つじ》があって、角には山王社《さんのうしゃ》が見える。刻《とき》は八つ半で、このまま行きゃあたぶんまだ陽のあるうちに芳の里のある高座郡に着いちまう。芳を貝にさせちまった話をまた持ち出したくはなかったが、やはり訊《き》かずにはいられなかった。

それでも芳が語んなかったら、この際、中番屋の件はすっぱりと引っ込めるしかねえ。

懐には、貯めたわけじゃあねえが手元に残った小判が三枚ある。こいつを餞別《せんべつ》にしてすっと別れよう。腹を据えて、「気持ちを聞かせちゃあもらえねえか」とつづけようとしたとき、遮るように芳が言った。

「えのしまへ行きたいの」

最初はなんと言ったのかわからなかった。

「えのしまって……」

「弁天《べんてん》様の居らっしゃる江の島」

それで「えのしま」が江の島とわかったが、話はもっとわからなくなった。なんで、もう里が間近なのに、唐突に江の島に行かなきゃなんねえ。それに、いまからじゃあ、今日のうちに江の島には着かねえ。途中で一泊しなきゃなんなくなる。

「御足《おあし》ならあります」

そういう話じゃねえのに、芳は襟元《えりもと》に手を入れる。

「手嶋様にいただきました」

こっちの思惑にお構いなく、紙包みを差し出した。

「使って」

思わず受け取って掌《てのひら》に収めてみれば、五両ってとこだ。

「これでぜんぶかい」

手嶋から受け取ったんなら十両のはずだ。

「ええ、足りませんか」

手嶋の野郎……。知らずに腸《はらわた》が煮えくりかえる。十両でもしみったれと呆れたのに、半分の五両だったんだ。俺を焚《た》きつけるために鯖《さば》読みやがった。

「しかし、また、なんで」

手嶋への憤《いきどお》りが、芳へ問う声に乗っちまう。そういうつもりじゃねえんだが、と胸裏《きょうり》で言い訳しつつ尋ねた。

「里に戻ったら、もう、ずっと行けない」

そいつはそうかもしんねえ。

「一度っきりでいいから、お参りしてみたかったんです」

それもわかるが、ゆうべからのだんまりと江の島とがうまく結びつかねえ。江の島行きをどう切り出そうか迷って、言葉が出てこなかったとでもいうのか。それで夜明かししたってか。そいつはいかにも無理筋だろう。

「行ってもらえませんか」

おかしなとこだらけだが、相手は芳だ。今日で終《しま》いと覚悟してたのに、明日も居られるとなりゃあ、拒めるわけもねえ。それに、屋敷からのカネが五両とわかったからには、やはり、どうあっても十両渡さなきゃあ済まねえ。芳にはなんとしても中番屋を得心してもらわなきゃなんなくなった。

「こいつは持っときな」

俺は五両の紙包みを芳に戻して、「滝山道だね」とつづけた。

その夜の宿は長後《ちょうご》に取った。草鞋を脱ぐと眠れなかった疲れがどっと出て、夕飯を喰いながらうとうとした。

「わりいが先に休ませてもらうぜ」

飯を喰い終えたら中番屋の話をしようと目論《もくろ》んでいたのに、どうにも瞼《まぶた》を開けていられなくなって布団に潜り込んだ。

寝入ったばかりのはずなのに目が覚めたのは、覆いかぶさるような重みを感じたからだ。いったいなんでえと目を開けると、芳の顔に蓋《ふた》されてるみてえで、鼻と鼻がひっつきそうだ。びっくりして「どうしたい?」って訊いたら、いきなり口吸いにきた。

行灯《あんどん》は点《つ》いていて、芳の裸の肩を照らしている。どうやら湯文字《ゆもじ》だけらしい。そんな大胆なところもあったんだと嘆じつつ、もう一度、「どうしたい？」を言おうとすると、薄《うす》目《め》になった芳が先に「このまんまじゃ百姓の嫁になれないから」と言った。

頭はとっちらかっているはずなのに、なぜか意味がすっと入ってくる。老公の手が付いたままの躰じゃあ、すんなり百姓の亭主に抱かれるわけにはいかないと言ってるんだろう。だから、あいだに俺をかますってわけだ。俺なら武家でもない、百姓でもない、商人でもない。誰でもない。繋《つな》ぎの役回りには、誰でもねえ奴のほうが収まりがいいのかもしれねえ。

そういうことなら、ゆうべからのだんまりも得心《とくしん》がいく。芳は〝誰とでも寝る女〟じゃあねえ。言い出すのは骨だったたろうし、腹を据えるには、ひと晩眠らずに考えなきゃならなかっただろう。江の島持ち出したのも、もう一泊しなきゃなんなかったからだ。弁天様はどうでもよかったことになる。重ねた疑いがいちどきに消えて、俺は大きく息をつく。そうして、両の腕を意外に厚みのある芳の背中に回した。陽を吸った稲藁の匂いが立ち上がって、俺はもう、なあんにも考えねえ。

二度目の眠りは深いはずだった。充《み》ち足りた想いを抱きつつ眠りこけるはずだった。なのに、俺は再び目覚めなければならなかった。腹が痛かったからだ。瞼を開けたら、行灯はまだ点いている。そして、こんどは芳の裸の肩じゃあなく、俺の腹に突き刺さった匕首を照らしている。眠りから戻った俺に気づいて、着物を着けた芳が叫んだ。

「お殿様を笑い者なんかにさせない！」

そうして部屋を跳び出して、階段をばたばたと降りていった。

そっか。

痛《いって》えのに、俺は笑う。

そういうことか。

こいつはそうそうはねえ勘ちがいだ。

俺ほどの大うつけも居ねえ。

芳は百姓の嫁に収まるつもりなんぞ毛頭ねえ。

繋ぎなんぞ用無しだ。

芳の目には俺はただの強請《ゆす》りだったんだろう。

ゆうべ、俺が中番屋を持ち出してからずっと、芳はどうやって俺の口を塞ぐかだけを考えていた。

どうやって、老公の名を守るかだけを考えていたんだ。

だから、一睡もできなかった。

一睡もしないで、江の島を絞り出した。

そして、幾重《いくえ》にも策を練った。

俺なんざわざわざ謀《たばか》るほどのタマじゃねえ。

いつだって楽に刺せる。

でも、女の芳にはそうは思えなかっただろうし、それに、ぜったいにしくじっちゃあなんなかった。

躰を任せたのは、俺の眠りを深くするためだろう。まちがっても起きねえように、疲れさせなきゃなんなかった。

肌を見られるのに行灯点けてたのは、最初は俺の匕首を目っけるため、そして、いまさっきはまちげえなく俺の腹に突き刺すためだ。

そうして策どおりにやってのけた。

惚れてたんだね、芳は老公に。

俺は、芳と老公が成り行きであなったくれえに想ってたけど、まるっきりちがった。

底惚れしてたんだ。

だから二つ返事で相手を勧めたし、月々の手当ても拒んだ。

そんな惚れ抜いた男を、俺みてえなろくでもねえ野郎に汚されたんじゃあ堪らねえ。だから必死で守った。

すんげえなあ、芳は。

俺は心底《しんそこ》、嘆《たん》じてた。

そして、思った。

よかったなあ、芳で。

あんなすんげえ女に終わらせてもらえて。

終わり良ければすべてよし、かあ。

でも、ありがたさが染み入るほどに、申し訳なさが募《つの》った。

俺が要らぬ申し出を口にしちまったばかりに、芳は俺を刺さなきゃなんなくなった。

俺なんぞ始末してくれた借り、返さねえと。

俺あ、匕首が抜けねえよう、奥歯嚙み締めて躰を起こした。

座敷を血で汚しちまったら、事件は隠しようがなくなる。

財布を目っけて、有りガネ残らず三両を迷惑賃に置き、あとあと騒ぎ立ててくれるなよと念じながら、なんとか立ち上がって着物を羽織った。

とりあえず、宿場の外れまでは離れるこった。匕首が芳にたどり着かない処まで行き着いて、くたばらなきゃなんねえ。

血が動かねえよう、ゆるうく帯締めて部屋を出ようとしたとき、芳の布団の枕元に置かれたちっちゃな紙包みが目についた。思わず曲げちゃなんねえ躰を曲げて手を伸ばしたのは、芳の匂いが移った紙を、宿場外れまでの守り札にしたかったんだろう。中身は要らねえ。紙だけが要る。ただの紙なら、芳が割れる心配もない。

でも、手に取ってみたら、そいつはただの紙じゃあなかった。滝山道との辻近くで、芳が俺に渡そうとした紙包みだった。開けてみずとも、手切れ金の五両が入っているのは手触りと重みでわかる。

芳らしいや。

思わず、唇がゆるんじまう。

俗《ぞく》な女なら、いくら急いで逃げるからって五両置き忘れやしねえ。五両のためなら死ぬ奴だって、人殺す奴だって居る。

と思った瞬間、唇がきっとなって、ほんとうに忘れたのか、と思った。

芳の布団は寝乱れちゃあいなかった。

枕も敷き立てみてえに、ある処にあって、紙包みはその枕と矩《かね》で計ったかのように合わせて据えられていた。

置く気で置いた、としか見えねえ。

ひょっとして、詫びのつもりか……。

詫びなら、死んじまう者にカネ渡してなんになる。

あるいは、宿宛《あて》か。

これで弔《とむら》いやって、墓に入れてやってくれってか。

芳の腹はわからねえが、とにかく、ここに残しておくもんじゃあねえだろうとは察した。どうやら、表には出られそうだ。弔いも墓入りも宿の世話にはなりそうもねえ。それに、中身の五両はどうでも、ずっと芳の袂《たもと》の内にあった紙は欲しかった。芳を仄《ほの》めかす紙が宿場外れまで連れてってくれそうな気がした。

階段を降りて、闇に目を慣らしてから戸を引き、そろりと夜更けの往来へ出ると、大きな満月が雲を染めていた。

二月の夜風は冬を残してたっていいのに、雑木の新芽や小川に棲《す》む小魚の卵や土ん中の虫の子や、いろんな命を孕《はら》む春の風だ。

紙包み握り締めて一歩一歩足を送りながら、あらためて、俺にはもったいねえ死様《しにざま》だと思った。

みんな芳がくれたんだと思った。

なんとか足が持って、宿場外れが近づく。

もう、あとちっとだ。

これなら、どうにかなるだろうと踏んだとき、不意に行く手が歪《ゆが》んだ。

おいおい、ちっと待ってくれ。

まだ早えよ。

けど、月は出てんのに月明かりが消えて、目の前が真っ暗んなって……

◆◆◆

痛みで目を開けるのは二度目だ。

でも、今度は匕首は消えていて、白髪《しらが》交《ま》じりの男が創口《きずぐち》を縫っていた。瞼開けてる俺に気づいた男が問いかけてくる。

「痛いか」

そりゃあ、痛えに決まっている。

「痛いだろうが、動くなよ」

痛えってことは、生きてんだろう。

「案ずるな。えらい器用なことをしたもんだが、匕首は臓《ぞう》も腑《ふ》も経絡《けいらく》も除《よ》けていた」

どうやら、気い失って倒れてたところを、医者に担《かつ》ぎ込まれたらしい。

「それにな、俺は長崎《ながさき》に学んだ紅毛《こうもう》外科医だ。おぬしは運がいいぞ。とびっきりの医者が詰めてる土地で刺されて」

「せんせい」

話すのは骨だが、そうこられたら、無理にでも話さないわけにはいかねえ。

「なんだ」

「こいつは刺されたんじゃなくて……」

なんとか声を絞り出した。

「てめえで、ヘマやっちまって」

「そういうことにしとくのか」

「しとくも、なにも」

ずいぶんとさばけた医者だ。

「それならそれでもよいが、カネいるぞ」

「カネ、ですかい」

ふっと、守り札にしてた紙包みが浮かぶ。手持ちの三両宿に置いてきたんで、カネっていやああの五両しかない。

「何人かに口止めしなきゃならんからな」

でも、路端《みちばた》で倒れて担ぎ込まれるあいだに、とっくに消えちまってるだろう。いまは文無しだ。ここでカネ持ち出されたら、答えようがねえ。

「それでいいなら、おぬしが持ってた五両から出しておく」

消えてねえのか。それも、五両ってことは、まるまる残ってんのか。また、ずいぶん奇《き》特《とく》な宿場だ。なら、とっとと渡してくれ。

「そりゃ、お礼ってことで」

もともと芳のカネだ。これで芳のために使える。

「お礼な」

医者は無造作《むぞうさ》に言ってから言葉を足した。

「ほれっ、終わったぞ」

助かる気なんてねえのに、ほっとした。三途《さんず》の川からはどうでも、えっぐい痛みからは逃《のが》れてえ。

「おぬしは動かないから、楽だった。痛みに強いな。なかなか、居ない」

命、打っちゃってるから、とは言えなかった。

「もう、心配ない。ツンベルク先生、直伝《じきでん》の秘薬もたっぷり塗り込んでおいた。あとは、しっかり養生しろ」

そのツン……先生なんぞ知るわけもねえが、とにかく、長崎仕込みのたいそうな先生に出くわしちまったらしい。ヤブならあのまま逝《い》けたんだろうにと思いつつ、俺はまた眠りに落ちた。

施療所を出たのは、それからひと月ばかり経ってからだった。月は三月になって、すっかり春になり切っていた。

「お礼」が効いたのか、医者の根回しが良かったのか、俺は望みどおり自分のヘマでうっかり腹を刺しちまったことになっていて、周りには芳のよの字もなかった。命を救ってもらったのは余計だったが、芳を事件の外に置いてくれたことは心底《しんそこ》ありがたかった。

「じゃ、これな」

俺を送り出す間際に医者は言った。

「残ったカネだ」

医者が渡したのは一分判三枚だった。

「高いか」

治療代とお礼代で四両一分。高いか高くないか、んなこたあ知らねえ。カネ勘定なんぞしたくもねえ。そのとき俺が感じていたのは、また、芳に救われたってことだけだった。

　命とりとめてよかったのかどうかはともかく、とりあえずいま命があるのは、芳が枕元に紙包みを置いていったからだ。そして、それを俺が目に留めて、手に取ったからだ。もしも、五両が包まれてなくて剝《む》き出しだったら、匕首刺さった躰をわざわざ折り曲げて手を伸ばしたりはしなかったろう。死んでく者《もん》には小判も輝かねえ。紙に移ってるはずの芳の匂いが俺に目を留めさせ、手に取らせた。俺の命は五両にではなく、芳に救われた。生かされたのは嬉《うれ》しかなかったが、芳に救われたのは嬉しかった。

「長崎で修業されたそうで……」

　芳への想いが、柄にもなく、俺に医者を持ち上げさせた。芳がすげえ先生に引き合わせてくれたのを、もっと感じたかった。

「そんな偉《えれ》え先生に診ていただいて」

　きっと、ツン……先生の「秘薬」も、目ん玉飛び出るほど高《たけ》えんだろう。

「紅毛外科か」

　医者は言った。俺はいくらでも自慢話を聴く気でいた。

「へえ」

　施術してる最中でも自慢するくれえだから、手が空《す》いたときゃあ歯止めが利かなくなるかもしんねえ。手嶋とおんなじだが、医者の話なら聴く気で聴ける。その自慢話のなかに、芳が居る。

「うそだ」

でも、医者の答はさっぱりしていた。

「えっ」

「だから、嘘だ。俺は紅毛外科医なんかじゃない。昔ながらの、ただの金創医《きんそうい》だ」

金創医は戦さ場で刀疵なんかを手当てしてきた医者だ。

「さいですか」

たいていの金創医は相当に怪《あや》しい。疵口を子供の小便で洗うと治りがいい、とか真顔《まがお》でぬかしやがる。そんな医者とも言えねえ医者に生かされちまったってことか。

「あのツン……先生の『秘薬』ってのは?」

間尺に合わねえぜ、と思いながら俺は訊いた。

「それも嘘だ。ツンベルク先生の秘薬は瘡《かさ》に効く。梅毒《ばいどく》の薬を刺し傷に使ったってどうにもならん」

「じゃ、出まかせで」

「出まかせではない!」

きっぱりと、医者は言った。

「安心のためだ。医者はヤブが多い。初めての患者はみんなおっかなびっくりだ。ほんとうに大丈夫なのかと疑いつつ医者にかかる。まして外科だ。金創医だ。外科の外は外道《げどう》から来ている。本道《ほんどう》は内科だ。外科はほんとうの医者じゃないってことになっている。だから、余計に疑う。おぬしは動かなかったがな。たいていは、少しでも痛むと逃げにかかって盛大に躰を動かす。どんな器用な医者だって、患者が動けばしくじる。で、嘘をついてでも安心させる。医者を信じて安心すれば、患者は躰を動かさない。脈も落ち着く。施術はうまく運ぶし、治りも早い。だから、長崎仕込みの紅毛外科医と言い、ツンベルク先生直伝の秘薬と言った。どうだ、施術のとき、おぬしも聞いて少しは安心しただろ」

治ろうとしてた患者じゃあねえが、言われてみりゃあ、そうなのかもしんねえ。

「じゃ、なんで、いま、わざわざ種明かしをしなさるんで？」

「俺は嘘が嫌いだ」

「はっ？」

「嘘をつき通すなんぞまっぴらだ。紅毛外科を言うのは初めての患者に一度っ切りだ。一度、施術をすれば、俺は腕がいいから、次からは紅毛外科持ち出さなくとも患者は安心する。嘘で安心させるより、真《まこと》で安心する方がよほど良い。だから、終わった患者にはさっさと真《まこと》を告げる」

「ほお」

医者はどうにも金創医らしくなかった。

「ところで、匕首、どうする？　持ってくか」

「あるんで？」

「そりゃ、あるさ。鞘がなかったから、適当なのに納めといたがな。ちょっとばかり、きつ目かもしれん」

五両包んでた紙についちゃあ施術のあと直ぐに尋ねたが、処分しちまったようだった。なぜか匕首のことはずっと思い出さずにいた。でも、いまとなっちゃあ、芳の肌に触れた物は匕首くらいしかねえ。

「縁起でもない、ということなら、こっちで処分しとくが」

「いや」

俺は即座に言った。

「戻してもれえますか」

とにかく、置き去りにするわけにはいかねえと思った。

「いいとも。もともと、おぬしのもんだ」

　この二十日ばかり、どう頭をいじくり回しても、助かってよかったと思えたことは一度もなかった。芳からはずっと「お殿様」を汚そうとする強請《ゆす》りと見られていたにしろ、俺にしてみれば、あの二日余りはまちげえなく、関わりようもねえ芳とぎゅっと関わっていられた妖《あやかし》みてえな時だった。幸せってもんはこんなにすげえのかって初めて知れて、俺のろくでもねえ身にもこんなことが起きるんだと呆れてた。もう、あんな時が来るはずもねえ。閻魔《えんま》に会うなら、あそこしかなかった。あそこが江戸に染まりたくとも染まれねえ俺の死に場処だった。妖に沈み込んだまま逝きたかった。なのに、死にぞこなっちまった。

　連れ戻されたって、どうする気もこうする気も起きゃしねえ。俺はトンボになった夢を見ちまったダンゴムシだった。羽ばたくのに慣れて、ちんけな足の動かし方を忘れちまった。施療所の戸引いたあとの最初の一歩にしてからが、どう踏み出しゃあいいのかわかんねえ。数だけはやたら多い足をどう捌《さば》きゃあいいのかわかんねえ。足と足が勝手に明後日《あさって》向きやがる。路はつるんつるんで、いきなりつんのめりそうだ。でも、この妙ちくりんな金創医が訳のわかんねえ御託《ごたく》並べて、路に鑢目《やすりめ》立ててくれた。浅くはあるが、とっかかりはする。そして、一歩、踏み出してみると、ダンゴムシがやんなきゃならないことははっきりしていた。

　芳に五両を返すんだ。

あの五両はただの五両じゃねえ。

芳の言うに言えねえ想いが詰まってる。

そして、あと十五両足す。

ずっと十両持たせる気でいたが、手切れ金は十両じゃあなくて五両だった。

だから五両に加えた十五両を、芳の手に渡るようにする。

五両と十五両。

口んなかで唱えてみると、そいつがもう相撲取りの名札みてえにくっきりして、頭んなかに中番屋が浮かんだ。

芳に俺を刺させるきっかけになっちまった中番屋。

関われば、同じしくじりを性懲《しょうこ》りもなく繰り返すことになる気もする。

滝山道との辻で、中番屋の件をすっぱりと引っ込めていりゃあ、あんなことにはならなかった。

いまさら、中番屋の勤めをして、江戸に爪を立てようとも思わない。

でも、五両と十五両、芳に渡るようにしなきゃあ、なんのために死にぞこなったのかわからない。

命、拾ったのに、なんか意味があるとすりゃあ、あの五両、返すためだろう。いくら頭巡らせても、それっきゃ見つかんない。

ほんとうに、あと一回こっきりだ。狼の遠吠えが響く葦原で、一回こっきりと腹据えた勤めをやり直すだけだ。

あと一回だけ中番屋に顔を出して、やろうとしてできなかった埋め合わせをする。ひとつ大きく息をして消えねえ疑念を閉ざすと、俺は江戸に足を向けた。あの手嶋にひと働きしてもらわなきゃあなんねえと思いながら。


手嶋はいったん喋《しゃべ》り出すと栓が抜けた。なんでもかんでも洗いざらい喋った。老公の屋敷だけじゃなく、御家の上屋敷のことも下屋敷のことも喋る。むしろ、戻りたがっていたからだろう、そっちの話のほうが多かった。

そんなかにひとつ、下屋敷絡みで大きなカネになりそうなネタがあった。とりたてて差し迫っていなかったし、中番屋に売るとなりゃあ、しっかり裏取らなきゃなんないから手を着けずにいたが、いまんなってみると、まるで、こんときのために取っておいたようだった。

で、江戸へ戻った俺はその足で四谷《よつや》にある下屋敷へ行き、裏口で張って、出入りの業者や奉公人を目っけると、少しばかり後《あと》をつけてから声をかけた。

「すまねえが、ちっと、教えてやっちゃあくれねえか」

不審な様子を隠さない相手に、くずしてきた一朱判を握らせる。めっぽうたわいねえが、俺の奥の手だ。

「なにが訊きてえ？」

顔から強張《こわば》りが消えていく。一朱は三百八十文といったところで、訊き取りの相場としちゃあずいぶん高い。で、とりあえず話を聞いてみようかって気んなる。でも、それだけじゃあねえんだ。一朱判一枚と、一文銭三百八十枚はおんなじじゃあない。一朱判はちっちゃくとも金貨だ。俺が小判を御札にしたみてえに、銭《ぜに》とは別物《べつもん》だ。くすんだ銭だけで暮らしている奴らは、滅多に見ることのねえ輝き拝むだけで唇が緩《ゆる》む。だから、裏取るときは一朱判を奢《おご》る。俺の身には過ぎるが、中番屋の稼ぎだけで凌いでいる連中は、手筋《てすじ》がまるっきりちがう。俺みてえな半端者《はんぱもん》がケチったら、欠けは埋められねえ。

「あの御屋敷の頼母子《たのもし》は割がいい、って小耳に挟んだんだが、どうなんだい」

俺はいかにも講《こう》を値踏みしている風をつくって唇を動かす。近頃は、どいつもこいつも頼母子に熱を上げる。頼母子となると、武家も町人も奉公人もなくなる。

「そんなことかい」

　山吹色《やまぶきいろ》の見返りを求められることを用心していた相手は、拍子抜けしたように言う。

「誰に聞いたんだか知らねえが、入るつもりでいるなら、よしといたほうがいいぜ」

　そして、自分から、輝き分は喋ろうとする。

「割がよくねえ、とか、そんな生易《なまやさ》しいことじゃあねえんだ。掛け金出したっ切りで、戻ってこねえんだよ。親の侍《さむれえ》にふんだくられっ放しさ」

「ってことは、親助《おやだす》けか」

「なんだ、わかってんじゃねえか。そうさ、まんま親助けだよ」

　頼母子は金を融通し合うための講だ。十人から三十人くれえで仲間をつくり、年に三、四回、会を開いて、そのたびに掛け金を出し合う。たいていは、一口が一分から一両といったところだ。そうして籤《くじ》を引いて、当たった者が落金《おちがね》っていうカネを借り受ける。ところが、親助けはそうじゃない。もともとは切羽《せっぱ》詰まってる奴をなんとかするための頼母子で、最初の掛け金は、どうあってもカネが入り用な親が総取りする。次の会から元に戻って籤取りしていくんだが、「ふんだくられっ放し」ってことは、二回目からあとの会はねえんだろう。理由があって開けないんじゃあなくて、端っから開くつもりがねえんだ。一回こっきりの、ぼったくり。出入りの商人や奉公人を無理強《むりじ》いして講に入らせ、あとは知らん振りを決め込む。手嶋がひっひと笑いながら自慢したとおりの手口だ。

「しかし、侍が親助けなんて阿漕《あこぎ》やるのかねえ。第一、侍の頼母子は御法度《ごはっと》だろう」

俺はしらばっくれて訊く。

「あんたも相当におめでたいね」

相手は嵩《かさ》にかかる。言いたいことが伝わらないもどかしさが言葉の堰《せき》を外す。

「そりゃあ、表向きは武家が頼母子やるのは厳禁さ。親になるのはむろん、加わるのだって禁じられている。享保《きょうほう》の頃には、死罪になった奴も居たらしいよ。でもさ、いつの間にか、なあなあになって、いまじゃあ、二つ三つと加わる侍だって少なかない。野放しだからね。親助けだってそうさ。一度だけならまだしも、同じ相手に幾度も繰り返す。言い訳のひとつもなしにね。頼母子は看板だけだってことを、隠そうとすらしねえんだ。ふんだくって当たり前って、決め込んでやがる。ワルが居るんだよ。あそこで仕切ってんのは手嶋って奴さ」

訊かずとも出てきた。

「下屋敷の侍じゃあないらしいけどね。企《たくら》んだのはあいつで、下屋敷で台所頭《だいどころがしら》やってる三谷《みたに》や作事頭《さくじがしら》の山崎を巻き込んだんだ。二回目開かねえでだんまり決め込むんじゃなくて、手嶋と三谷、山崎の三人だけで代わりばんこに親をやる。山崎、三谷、手嶋と来て、手嶋の親が終わったら、また山崎に戻るんだ。いつまで経っても、俺たちに親は回ってこねえのさ」

手嶋が言った名前もちゃんと出てくる。前に手嶋に聞いたときゃあ、なんで、下屋敷の侍の名まで俺が知らされなきゃなんねえんだと思ったが、そいつが役に立った。勤めてる老公の屋敷じゃあまりに所帯がちっちゃい。出入りの商人も少なく、ふんだくりようがない。だから、下屋敷まで出張《でば》って、親助け張ってるのだ。

「大店相手に巻き上げるんならともかく、こっちは棒手振《ぼてふ》りに毛が生えた程度のちっぽけな商いだ。稼ぐより貢《みつ》ぐほうが多い。それでも、売上は売上だからね、いつまでもってわけじゃねえだろうと、てめえを宥《なだ》め宥めつづけてるんだが、口惜《くや》しいねえ。なんか仕返しする方法ないもんかねえ。手嶋はね、カネふんだくるだけじゃねえんだ。俺らをいたぶるのを楽しんでんだよ。蟬《せみ》の羽むしって喜ぶみたいにね」

見透かされてるぜ、と俺は思う。手嶋はこっちの耳が腐っちまうようなことほどよく喋った。餓鬼の頃に近所の赤ん坊の耳朶《みみたぶ》ちぎったことがある、とかね。聴くほうは耳塞ぎてえが、手嶋にとっちゃあ自慢なのさ。なんでそいつが自慢になるのか皆目《かいもく》わからねえが、とにかく手嶋は手嶋なりの自慢のタネを増やしつづけて、拘《かかず》り合《あ》った奴はみんな、あいつの毒にあたっちまう。だから、話を向けると、呑んじまった毒を吐き出すように語り出す。男のあと、三人に声を掛けたが、話はみんな同じようなものだった。関わった者の名前もすらすら出てくる。手嶋から聞いていなかった名も幾つか挙がったが、手嶋、三谷、山崎の三つはみんな揃っていた。もう、こんくらいで裏取りはいいだろう。

頼母子はたしかに野放しだった。いまも野放しのまんまなら、売りネタにはならねえ。けど、野放しも度が過ぎて、さすがに目に余るってわけで、つい先《せん》だって、老中からあらためて厳禁の達しが出たばかりだ。悪ずれた連中は高《たか》を括《くく》ってるが、目付筋も御番所《ごばんしょ》も動き出している。ここで頼母子のなかでもいっとう質《たち》のわるい武家の親助けが明るみに出りゃあ、公儀の面子《メンツ》からしたって見せしめにしねえわけにはいくめえ。問答無用で死罪、よくて重追放だろう。

それで、手嶋や三谷、山崎を脅すつもりは毛頭ねえ。そんじゃあ、ちっちゃな稼ぎになっちまう。強請る相手は藩だ。公方様《くぼうさま》に拝借してる江戸屋敷で違法の親助けをやらかして、重罪三人出した藩がいってえどうなるか……。そう持っていきゃあ、貧乏藩とはいえ一国相手の勤めになる。こいつがとびっきりのネタじゃなくてなんだろう。

手嶋の撒《ま》き散らす毒をすっぱり絶てるのもいい。十九の殿様を老公にしなきゃなんなかった貧乏藩だ。手嶋ら三人をネタに取られて、中番屋になけなしの数百両を脅し取られりゃあ、自分らの手で首の三つもはねずにはいらんねえだろう。別に手嶋をどうこうするつもりはなかったが、出入りする男たちの話を聞いているうちに、てめえが世直ししてるような気分になったもんさ。こっちはなんにも手え出しちゃいねえのにね。

我ながら、あんまりよくできたネタで、俄《にわ》か仕込《じこ》みとは思えねえ。それでもほんとうに売れるまでは気が抜けなかったが、持ち込んでみると、呆気ねえくらいにすんなりと捌《さば》けた。買い値も五両と十五両どころか、もう十両多い三十両だ。受け取ったときは、これで最後の勤めにできると、胸撫《な》で下ろした。どんなにうまく運んでも一回こっきり、と縛りを入れていた。でも、五両と十五両に届かなかったら、二回目を考えなきゃならねえ。二回目やったら、刺される前の俺に戻っちまう。それじゃあ、芳に申し訳が立たねえ。安堵はずいぶん深かった。

が、五両と十五両、耳をそろえて並べてみると、直ぐに落ち込んだ。これで、芳がちゃんと里に戻ってりゃあ、早々とやることがなくなっちまう。縁、切れちまう。また、足の送り方を忘れちまったダンゴムシか、って気になりかけたとき、待てよ、と思った。

芳にとっちゃあ、俺はもう仏だ。てめえが里まで出張って顔見られたら、芳のいまの暮らしをぶち壊す。それどころか、自分が手にかけた仏の幽霊を見るんだ。芳自身が壊れちまいかねねえ。それだけは、なにがなんでもあっちゃならねえ。芳が居るか居ねえかを、てめえでたしかめるわけにはいかねえってこった。

なら、人を頼むか、ってもんでもねえ。芳の里は余所者《よそもん》の出入りがめったにねえ在方《ざいかた》だ。

見慣れねえ者を見かけりゃあ、鵜《う》の目鷹《たか》の目だ。二軒、三軒と聞いて回れば、みんな筒抜けだろう。俺の在もそうだった。疑り深いくせに図々しいのが在の者だってことは、骨身に染みている。どこにでも断わりなく土足で入り込む。もう、どうあっても妙な噂が立っちまう。さあ、どうする？　どうやって、芳が戻ってるかどうかをたしかめる？

思案してみると、こいつがけっこう骨だった。

富山の薬売り、貸本屋、在方《ざいかた》回りの小間物《こまもの》屋……里を歩き回ってもおかしかない者をあれこれ想い巡らせてみたが、どれもこれもいけなかった。

どいつをとっても、口舌《くぜつ》が頼りの商いだ。どの薬が効くの？　って訊《き》かれて、はあ、じゃあ話にもなんねえ。直《す》ぐに化けの皮が剝《は》がれちまう。つまりは、素人の扮装じゃあ駄目で、本職に頼まなきゃなんなくなる。けど、ちゃんと、てめえの稼業成り立たせている奴を、こんどみてえな用件で相模《さがみ》の在《ざい》まで出張《でば》らせるのは無理がある。カネを弾《はず》みゃあ無理も無理じゃなくなるだろうが、そうすりゃあそうしたで、なんでそこまで無理をするのかを怪しまれることになる。それが元で長後《ちょうご》の一件にたどり着くってもんでもねえかもしれねえが、とにかく芳《よし》と長後を結ぶ糸はどんな糸でもすっぱり切っておきてえ。

なら、餅は餅屋、ってことにしようかとも思った。そういう調べ勤めを請け負う者を、中番屋《なかばんや》が仲介してるって話は聞いていたからだ。中番屋が噛んでいるからには、任せる手もあるのかもしんねえ。中番屋絡みの勤めで、やることやんねえと仕置きがきつい。変な真似《まね》はしねえはずだ。手慣れているから、調べ方だって心得ているだろう。芳が里に居るか居ないか……餓鬼でもできそうな勤めに思えるだろうが、そいつはちがう。ただ、わかりゃあいい、ってもんじゃあねえ。あとあと芳の身に災いが降りかかんないようにわからなきゃなんねえ。

調べてみたら、芳は居なかったとしよう。調べ方によっちゃあ、これが、ほんとうは居なきゃなんないのに居ねえ、って事実をほじくり返すことになる。楽しみの少ねえ在で、他人の変事《へんじ》はなによりの馳走だ。あることないこと突っつかれることになりかねねえ。だから、中番屋に頼むか、って気になりかけたが、なにかが引っかかって間《ま》を置いた。そして、止《や》めた。窮したてめえが、てめえに都合いいように話をつくってる気がしたからだ。

中番屋はたしかにきっちりしている。きっちりしてねえと、直ぐに壊れちまう筋合の番屋だからだ。かといって、中番屋に関わる者のすべてがきっちりしてるわけじゃあねえことは、誰でもねえ、てめえを見ればわかる。中番屋の仲介なら信じてもいいと思いかけてるのは、窮したてめえが信じたがってるからだ。きっちりはしていても、中番屋はあくまで裏の番屋だ。関わる者は、みんなどっかが欠けている。でも、いったん信じたくなると、欠けを見ねえ。その欠けがとんでもねえ厄介とかちんと嵌まるかもしれねえのに目を塞《ふさ》ぐ。手慣れているからまちがいはねえ、なんて思い込んじまう。

でも、奴らが手慣れているのは、調べがつきさえすりゃあいい勤めだ。あとあと、災いが降りかかんないようになんて、これっぽっちも気を配らねえだろう。どんな調べ勤めでも、馴染《なじ》んだてめえらのやり方を変えようとはしない。勤めに合わせるなんて、想いも寄らねえ。それが奴らの〝手慣れ〟だ。芳のこの先がいいように向くために調べるんだ。手荒《てあら》はあっちゃならねえ。しっかり欠けを見抜かなきゃなんねえ。

人頼みはあきらめて、てめえで探る手立てをもう一度考えてみる。探りが芳の災いにつながらないことを、誰よりも願っているのはてめえだ。いつ、どこに、どんな言葉を遣《つか》って、どう尋ねるかを、気持ちわるくなるくらい考えてきた。芳と顔を合わす危険がなければ、この役にいっとう合っているのは自分なのだ。どうにかして、芳と出くわすことなしに調べられないかをくどくどと考え直す。でも、なんにも浮かんでこない。

芳には村の名しか聞いていなかった。四十幾つかある百姓家のどこなのかを聞いていない。家まで送り届けるつもりだったから、屋号《やごう》も尋ねなかった。芳が居るか居ないかの前に、まず、芳の実家を見つけなければならない。むろん、芳を斡旋《あっせん》した人宿は当たった。

けれど、この一月の下谷長者町《したやちょうじゃまち》からの火事で以前からの店が焼け落ち、寄子《よりこ》の名簿も灰になっていた。どうやっても、村に入って実家を突きとめなければならない。尋ねに入った最初の百姓家で芳と鉢合わせするかもしれねえってことだ。やっぱり、てめえで調べるわけにはいかない。一か八かでやってみるってのは、芳が壊れても構わねえ、って言ってんのとおんなじだ。

万策尽きる、ってのはこのことで、もうどうにも身動きが取れねえ。五両と十五両つくる策はトコロテンみてえにすんなり降りてきたのに、芳が里に居るか居ないかで、盛大に立ち往生する。逆《さか》さまのようだが、でも、そいつはあたりめえだ。五両と十五両はカネだ。どこまでいったって、ただのカネだ。手荒に扱ったって疵《きず》つきゃしねえ。でも、芳はちがう。五両と十五両なんぞと比べようもねえ。蚊の目ん玉ほどの疵もつけたかねえ。雑な手でいじるわけにはいかねえんだ。

俺はまた初めっから調べる手立てを練り直す。くどくど、くどくど練り直す。どっかで踏ん切りつけなきゃならないんだろうが、そのどっかがどこなのかわからねえ。とにかく、いまは、水みち目っけるだけだ。ひとつひとつ、飽きずに抜かりを潰《つぶ》していく。てめえだって考え仕事で根《こん》を詰めることができるのを、俺は初めて知った。

半月後、俺は降参した。水みちは見つかんなかった。なのに考えるのを止めたのは、水みち目っけるには、てめえの智慧《ちえ》が足らな過ぎるのを思い知らされたからだ。昼夜《ひるよる》構わず、ろくに飯も食わずに根詰めつづけ、へろへろになってようやく見極めがついた。ここまでだ。もう、いけねえ。どうにもならねえ。目っける奴も居るんだろう。けど、俺は目っけらんねえ。蚊の目ん玉はあきらめて、蠅《はえ》の目ん玉くらいで手を打たなきゃなんねえ。

俺は下谷広小路《したやひろこうじ》に立って、通りかかる女を物色《ぶっしょく》し、頃合いと観《み》た一人に声を掛けた。例によって一朱を渡して頼み事をし、ふた月振りの根岸の屋敷へ連れ立って足を向ける。女には、「まあ、わけありで」と色恋沙汰《いろこいざた》を匂わせ、屋敷で働くもう一人の下女の信《のぶ》を呼び出してもらった。

信は芳より二つ上。やはり一季奉公だが、雇い直しを重ねてもう四年屋敷に居る。重宝がられてるってことだ。信用されてもいるんだろう。特段、親しくしていたわけじゃあねえが、芳と話したよりは多く言葉を交わす機会があった。在は、芳とおんなじ相模の高座郡《たかくらごおり》。村はちがうが、半刻《はんとき》も歩けば行き来できるらしい。人付き合いのねえ俺が頼むなら、もう信しか居なかった。

「いったい、どうしてたの？」

俺を見るやいなや問い質《ただ》してくる。十六も下なのに姉貴《あねき》みたいに話す口ぶりは変わっちゃいない。

「いや、実あ、芳を里に送り届ける旅んとき、しくじって、けっこうな怪我《けが》をしちまってね。仕方なく俺だけ旅先で養生してたんだ」

語ってみると、あながち偽《いつわ》りってわけでもねえ。大山道《おおやまみち》じゃあなくて、滝山道《たきやまみち》なのを抜いてるが。

「どのくらい？」

「ひと月ばかりかな」

「大怪我じゃない。だいじょぶなの」

信は心配顔を見せてくれる。顔つくったんなら、てえしたもんだ。

「死にぞこなった」

思わず、素が洩《も》れかかった。

「実あ、その絡みであんたに頼み事したくてね。今日、こうして顔出したってわけさ」

「どんな？」

「芳のことさ。そういう事情で芳は独りで里へ向かった。あんたも承知のように、大山道には狼の出る葦原《あしわら》なんかもある。ちゃんと行き着いているか、養生してるあいだもずっと気になってたんだが、疵が塞がるまではどうしようもねえ。そうこうするうちにひと月が経《た》っちまって、いまさらどうこうもできねえし、子供じゃねえんだから、と思おうとしたんだが、やっぱり、てめえのやることやってねえせいだろう、ごまかしが利《き》かねえ。日が経つほどに、胸の痞《つか》えがおっきくなるばかりだ。で、芳が里に居るのか居ねえのか、あんたにたしかめてきてもらえたらありがてえんだが、って、ま、そういう用件だ」

「なんで、あたしなの」

「俺は世間が狭くてね……」

ここは、そのまんま言うしかねえ。

「正直、こんな話を持ち出せる、信用できそうな相手はあんたしかいねえんだよ」

信のことは端《はな》っから頭にあった。「信用できそうな」も方便じゃねえ。しっかり者、という評判をちょくちょく耳にしたが、それは俺も感じていた。でも、あくまで、できそうな、だ。できる、と言い切れるほど深く交わったわけじゃあねえ。信と芳との関わりにしてもそうだ。姉妹《きょうだい》のようにとはいかずとも、ずいぶん気が合っているようには見えたが、所詮は女と女だ。腹はわからねえ。まして、芳は老公の子を産んだ女だった。信は信で、思うところもあんだろう。だから、ひとまず置いといたんだが、ことここに至っちゃあ、「信用できそうな」に頼るしかねえ。

「それに、あんたは芳とおんなじ高座郡の出で、土地勘がある。余所者《よそもの》見る在の目はえれえきついが、あんたが里へ帰るついでに寄ったと言やあ、悶着《もんちゃく》は起きにくいだろう」

「そうかもしれないね」

　信は受けるが、同意も半ばという風だ。

「でも、信じられる？」

　そして、逆に訊いてきた。

「信じられる、って？」

「あたしは行ってもいい。そろそろ、里に顔出そうかと思ってた頃だから。去年も帰ってないのよ。でも、あたしがたしかめてきて、居たとか居なかったとか伝えたら、あなた、それ、信じられる？」

　俺は間を置いてから答えた。

「信じるさ」

　信じるしかないのだ。他に手立てがない。

「あたしなら信じない。いっときは信じても、あとになって疑い出すと思う」

　痛い処を信は突く。

「なんか、あったんでしょ」

信は俺の目を見据えてつづける。

「なんか、とは？」

思わず、怯《ひる》んだ。

「あなたが怪我で養生してたのは信じる。でも、それだけじゃないんでしょ」

抜かったな、と俺は思う。芳を送り届ける一泊二日の旅に出たまんま、ふた月も消息入れなかった。なのに、突然、勝手に現れて、妙に念の入った頼み事をする。信みてえなしっかり者なら、苦もなく訳ありだって見透かすだろう。

「たしかに、それだけじゃねえ」

信をしっかり者とは感じていた。けれど、これほど人が見える女とは想ってもいなかった。この女を相手に、ばっくれることあできねえ。でも、洗いざらい明かすわけにもいかねえ。

「いまはそうとしか言えねえが」

顔は見ねえで言葉を足した俺に、信は言った。

「なら、やっぱり自分の目でたしかめたほうがいいんじゃない？」

そのとおりさ、と俺は思う。でも、それは叶わねえ。叶わねえ理由も口にできねえ。

「土地に無縁な男が尋ねて回りゃあ、あっという間に変な噂が立っちまうだろう。芳に迷惑がかかる。芳の実家の場処だって知らねえんだ」

当たり障りのないよう、俺は答えた。

「教えてあげるよ」

なんということもない風で、信は言う。

「教えてあげる、って？」

「芳の家の場処。前に行ったことあるから絵図描いて教えてあげる」

心底、ありがてえ。ありがてえが、俺が訪ねるわけにはいかねえんだよ。

「気詰まりなら、遠くからたしかめればいい。芳の家の近くには川が流れてるの。向こう岸から家が見渡せる。けっこう川幅があるから、笠被《かさかぶ》って、釣りでもしてる振りして目を遣《や》ってればわかりはしないわ」

「そいつはいいが……」

たしかに、それなら、出張れるかもしれねえ。

「しかし、それで、居るか居ねえかがわかるかい」

でも、万事解決ってわけじゃない。

「どういうこと？」

「芳の姿を目にしたら、たしかに居るとわかる。けど、目にできなかったらどうだ。三日つづけて見かけなかったとしても、居ないということにはならない。家ん中に居て、俺が見張っているあいだは外へ出なかっただけかもしれない」

「ねえ」

即座に、信は言った。

「あなたも在の出なんでしょ」

「ああ」

「いまは四月の初め。在ではどんな季節？」

俺は思わず声を上げそうになった。そんな明々《めい》なことも忘れちまってる。要らねえとこだけ江戸者《えどもん》だ。

「これから田植え。いまも田起こしや代掻き《しろか》で猫の手も借りたい」

信はつづける。

「お天道様《てんとうさま》が上がったあとに家に残ってるのは、足腰立たない年寄りだけ。赤ん坊だって畔《あぜ》に置いた籠《かご》で眠る。明け六つになったら、家に居る者はみんな表へ出るの。出て、泥にまみれるの。出ないような者は百姓家で暮らしてはいけない。だからね、居ればかならず見かける。見かけなかったとしたら、居ないのよ。念を入れたいんなら、もう一日、川岸に座ればいい。二日、見なかったら、もう、まちがえようがないわ」

　ふーと俺は息を吐く。打てば響く、なんてもんじゃあない。こんな女とひとつ屋根の下で寝起きしてたのに、ただのしっかり者としか受け止めなかった。てめえはほんとうになんにも見てねえな、と思いつつ俺は言った。

「言うとおりにさせてもらうぜ」

　信には一朱じゃあなくて一分を用意していった。言ってから、すっと渡そうとしたが、信は受け取んなかった。

「なんにもしてないから」

　遠慮の仕方はさりげなく、しかし毅然《きぜん》としていた。芳よりは垢抜《あかぬ》けなくもねえ信の顔かたちが、だんだん秀でて見えてくる。

「じゃ、ちょっと待っててね」

　そう言うと、すたすたと屋敷へ戻り、あらかじめ描いてあったんじゃないかと思えるほどの早さで再び顔を見せる。

「はい、これ」

　俺は角をそろえた絵図をさっと拝んでから袂《たもと》に入れ、口には出しにくい念押しをした。

「あくまで、念のためなんだが」

　相手は信だ。訊くまでもないが、やはり、押さえておかなきゃなんねえ。

「なに？」

「屋敷には、芳は一度も戻ってこなかったね」

「ええ。戻ってないわ」

はっきりと、信は言った。

「いまは芳も居ないし、仁蔵《じんぞう》さんも居ない」

「仁蔵、な」

酒を飯代わりにしていた仁蔵。まだ五十の半ばなのに七十に見えた仁蔵。年季が明けたら、貯まった五両で田んぼを買って、故郷へ還るはずだった仁蔵。出替り時期の三月も過ぎた。いまはどこでどうしてやがるか……。

「亡くなったのよ」

「えっ」

不思議はなくとも、驚く。

「下男部屋で血い吐いて。ずいぶんいけなかったのね」

「そうかい」

わるい報《しら》せじゃあない。屋根のある処で逝けたのがなによりだ。俺は胸の裡《うち》で手を合わせた。

「あと、手嶋《てじま》も居ないわ」

「手嶋が」

いずれ、そうなるのはわかっていたが、想ったよりも成り行きが早い。

「打ち首になったみたい。切腹じゃなくて」

「そうか」

してやったり、みてえな気分になるのかと想ってたら、そうでもなかった。手嶋とはいえ、人が死んだって聞いて笑顔は出ねえのを知った。

「誰がそう仕向けたのか知らないけど、もしも逢ったら、お礼しなきゃいけない」

「居なくなってくれた礼か」

「あたしが罪人にならないで済んだお礼よ」

「罪人にならねえで済んだぁ？」

どういうこった？

「もしも、まだ居たら、あたしが手嶋を刺してた」

思わず息が洩れる。

「背中から刺すの。幾度も幾度も。もう、どのくらい頭んなかで刺したか知れやしない」

俺はほんとうに、なあんにも見ちゃいない。

「ほんとに怖かったの」

目尻に涙が滲《にじ》む。

「怖かった」


翌朝、俺は江戸を発《た》って信の言うとおりにした。

信はこと細かに指示した。

竹笠はかぶってしまえばいいから池尻《いけじり》あたりで買うにしても、釣り道具一式は荷物にならないように村にいちばん近い下鶴間《しもつるま》で買いたい。でも、下鶴間は店が少ないので、延べ竿《ざお》は手に入っても継竿《つぎざお》は用意がないかもしれない。だから、ちょっと余計になるけど継竿だけ玉川が近い溝口《みぞのくち》で求めて、下鶴間では魚籠《びく》と糸、鉤《はり》を手に入れればいいわ。あ、そうそう、桐油《きりあぶら》の油紙《あぶらがみ》も要るわね。

そうして、陽が上がる前から、芳の実家が見渡せる川岸に座った。

二日ではなく、四日座った。

芳は居なかった。

還《けえ》ってなかった。

長後の夜からひと月半余りが経っている。
そんだけありゃあ、身辺《しんぺん》、なんか変わってたっておかしかねえ。
還っていねえんじゃなくて、嫁に行ったことだってなくはねえと思いかけた。
でも、てめえの裡から、もう、よそうぜ、という声がした。
もう、蓋《ふた》かぶせるのは止めだ、と。
手遅れんなっちまうぞ、と。
実あ、胸底ではずっと想ってきた。
きっと還っちゃいなかろうとね。
芳が里に居るか居ねえかをたしかめてるあいだも、ずっと想ってきた。
芳は自分が人を殺したと信じ込んでる。
人殺しの自分が人と関われば迷惑がかかると思ってる。

そういう女だ。
だから、里に還るはずも、屋敷に戻るはずもねえんだ。
老公に底惚れしてるからこそ、身を隠す。
子供に人殺しの母親があっちゃあいけねえから身を隠す。
恐れながら、と自訴《じそ》することもできねえ。
自訴すりゃあ、事の次第を明らかにしなきゃなんなくなる。老公と子のことが洩れる。
でも、そしたら芳はどうなる？
気配を消すには人波のなかがいい。おそらく江戸に戻ってるだろう。
けど、里にも屋敷にも顔出さねえんなら、人宿にだって足を運べねえ。
職、探せねえ。
人との関わりを避ける芳がどうやって凌《しの》いでいくかは、もう考えるまでもなくなる。
そいつを想うのが嫌で、里に戻ってると信じ込もうとした。
居るか居ねえかをたしかめるんじゃなくて、居るのをたしかめようとした。
でも居なかった。
俺が居なくした。
俺が芳を里に還れねえようにした。

となりゃあ、もう、やること変えなきゃならねえ。

芳とは顔合わせられない、なんて戯言《たわごと》ほざいていらんねえ。

この江戸の巷《ちまた》から芳を見つけ出し、真ん前に立って、てめえが生きてるのを見せつけるんだ。

おめえは人殺しじゃねえ、って、この顔と躰《からだ》で伝える。

もう、五両と十五両でもねえ。そんなもんで、埋め合わせなんてできねえ。

どっかの岡場処に沈んでるんだろう芳に、生きてるてめえを晒《さら》すのが一の務めだ。

むろん、まだ岡場処と決まったわけじゃあねえ。

誰にも頼れねえ芳にだって、躰売らずに凌ぐ手立てが残されていなくはなかったかもしれねえ。

でも、そいつは僥倖《ぎょうこう》で、つまりは、めったにない。

そして、僥倖を得たなら、俺が顔を出しちゃあいけない。

だから、俺は僥倖を考えなくていい。

俺が見つけ出さなきゃなんねえのは僥倖を得なかった、そうじゃなきゃあ、僥倖が途切れちまった芳だ。

生きていくために、〝誰とでも寝なきゃなんない〟芳だ。

俺は江戸の岡場処という岡場処を、回り尽くさなきゃなんねえ。

吉原は外していい。芳とて吉原くらいは知ってただろう。だからこそ眼中にはなかったはずだ。

お上から許された廓《くるわ》は歌舞伎大芝居《かぶきおおしばい》の三座《さんざ》みてえなもんだ。全国から見物人を集める。表の通りに姿を晒す張り見世もあって、身を隠すどころじゃねえ。

それに芳はもう二十四だ。初めて吉原に出るには齢《とし》食ってもいる。

芳が向かうなら岡場処だ。

てったって、江戸は岡場処の海だ。

町人地だけじゃあねえ。

武家地だろうが、寺社地だろうが処構わず、猛々《たけだけ》しい黴《かび》みてえに岡場処が巣食ってる。

元はと言やあ、門前町の茶屋だ。

そいつが、水が上から下へ流れるみてえに岡場処になった。

むしろ寺町と岡場処は重なっていて、浅草の浅草寺なんぞは門前から容赦なく切見世《きりみせ》が広がる。

堂前《どうまえ》、柳下《やなぎした》、於多福横丁《おたふくよこちょう》、ドブ店《だな》、万福寺前《まんぷくじまえ》、紅谷横丁《べにやよこちょう》、朝鮮長屋《ちょうせんながや》、三島門前《みしまもんぜん》……名を挙げていきゃあ切りがねえ。

寺あっての盛り場。岡場処あっての盛り場だ。寺が盛り場の心の臓なら、岡場処あ胃の腑《ふ》だ。

浅草寺だけじゃねえ。目ぼしい寺の界隈はみんな似たようなもんだ。

手当たり次第に当たるには、あんまり数が多過ぎる。

岡場処がざっと百。

ひとつの岡場処に十の女郎屋《じょろうや》があるとして千。

一軒に十人の女郎が居るとして一万。

北は谷中《やなか》で、南は三田《みた》。

東は深川洲崎《ふかがわすさき》で、西は市谷《いちがや》、四谷《よつや》。

いったい、どうやって虱潰《しらみつぶ》しにする?

時はかけらんねえ。

長くて半年でひと回りしてえ。

日に六軒、六十人の女を相手にしなきゃなんねえってことだ。

ありえねえ。

端っから無理な話だ。

まともに考えりゃあ、どう気い入れても日に八人だ。

女郎屋は昼夜《ひるよる》四ツ切《きり》の見世が多い。商売の時間を昼夜それぞれ四つに分ける。その一つが一ト切《いっときり》で、日に一ト切は八つ。八つぜんぶ買うのがてっぺんになる。

それでも、一万人面通ししようとすりゃあ、三年半近くかかっちまう。どうやって、半年でひと回りする？

カネだって、つづかねえどころの騒ぎじゃねえ。

躰を合わせるつもりはなくても、揚代《あげだい》はかかる。ピンキリだが、手頃な四六《しろく》見世の一ト切にしたって昼六百文、夜四百文。あいだを取って五百文として、日に八人なら四千文。三年半通わなきゃなんねえのに、三十両じゃあひと月半で消えちまう。

行くつもりはねえが、一ツ目弁財天《ひとつめべんざいてん》みてえな小判で遊ぶ見世で日に八人やったら、あれやこれやで二日と保《も》たねえだろう。始めたと思ったら終わってる。

いったい、どんだけありゃあいいんだと割り出しかけたが、直ぐに馬鹿馬鹿しくなって、女買わずに済ますやり方はねえもんかと考えた。

得意の一朱を女中頭に渡し、居る女郎の面相《めんそう》ぜんぶ見せてもらえるよう頼み込む。好き者の面《つら》つくって、選ばせてくれよってね。

けど、女郎は繁忙だ。廻《まわ》しやんなきゃなんねえほど忙しい。一人の女郎が一ト切に相手をする客は一人じゃねえ。幾人もの客を掛け持ちする。八人そろって雁首《がんくび》並べるなんてこたあありえねえ。

覗《のぞ》き窓のある女郎屋なら、その最中を見せてくれるかもしれねえが、あんな薄暗いなかで重なり合っていたんじゃあ、顔をたしかめようもねえ。結局、八ツ切を買うしかなくなる。

俺はまた足りねえ頭で考える。

女郎屋回り尽くす他にも、なんかやりようがあるんじゃねえか……。

考えたって、また半月根詰めて、へろへろになって、音《ね》を上げるのかもしれねえ。

でも考えないわけにゃいかねえ。

こんどは降参できねえ。

それに、こんどは、芳とは顔を合わせねえで、とかの余計を入れなくていい。

芳に俺が生きてることが伝わりゃあいいんだ。

俺はぴんぴんしてる。

おめえは人殺しじゃない。

それだけだ。

それなら浮かぶさ。きっと浮かぶ。俺はずいっと考える。

で、浮かんだんだ。

するっと。

俺が人の噂になればいいのさ。

江戸中の噂になればいい。

読売《よみうり》という読売がこぞって俺のことを書き立てれば、噂が噂を呼んで、きっと芳の耳にも届くだろう。

そうさ。

俺は、考えついてもしょうがねえ考えを考えちまったってわけさ。

俺が中村仲蔵《なかむらなかぞう》になれるわけじゃねえ。

俺が谷風梶之助《たにかぜかじのすけ》の六十三連勝を止められるわけじゃねえ。

二十歳で在から江戸へ出てきて二十二年、一季奉公しか知らねえ俺だ。

なんにも留まらず、なんにも定まらず、江戸に染まれねえまんま、てめえ打っちゃってへらへらしてきた。

誰にも負けねえのは、取るに足らなさくれえだ。

そんな俺がどうやって江戸中の噂になる?

読売という読売に、俺を書かせることができる?

いや……

今日の俺は粘る。

できなくもねえんじゃねえかぁ。

どうしようもなくはねえんじゃねえかぁ。

思いつきだけどさ、こういうのはどうだ。

策も出てくる。

江戸でいっとう賑《にぎ》やかな両国橋《りょうごくばし》の直ぐ脇でさ、
大川を十回泳いで往復したら、書いてくれる読売もあるんじゃねえか。

師走《しわす》ならな。と、粘る俺は思い直す。

凍りそうな大川を泳ぐってんなら、物好きな読売もなくはなかろうよ。ネタ切れで往《おう》生《じょう》してるときだってあんだろうし。

でも、いまは四月だぜ。来月にはもう川開きだ。なあんにもなんねえさ。

粘る俺もやっぱり半端だ。

じゃ……

半端だが、今日の俺はあきらめない。

両国橋の脇じゃなくてさ、
両国橋の上、

でだぜ、人三人、
いや、五人刺したら、書いてくれんじゃねえか。
そりゃ、書くだろうよ。
ぜんぶがぜんぶ書くだろう。
でも、できんのかい、そんなこと。
手嶋が仔猫に石見銀山《いわみぎんざん》盛ってるとこからさえ目を逸《そ》らすおめえだ。
信から手嶋の顚末《てんまつ》知らされたときだって、喝采《かっさい》しなかったよな。あの手嶋なのに。
そんなおめえができんのか？
仔猫じゃねえぞ。人だぞ。人様だぞ。
いくら芳のためだからって、縁もゆかりもねえ人様の命五つ、ほんとに取れんのかい。
匕首《あいくち》、ぶすぶす刺しつづけるんだぜ。
てめえの両手が真っ赤な血の脂《あぶら》でぬるぬるになるんだよ。
そんな外道《げどう》できんのかい。
そりゃ無理だ。
俺はあっさり降参する。

できるわきゃねえ。
釣り合わねえや。
五人刺すなんざ、半端な俺とは釣り合わねえ。
言ってみただけさ。
でもな……
降参しても、その日の俺は仕舞いじゃあなかった。
どうかな……
わからねえんじゃねえかな……
橋の上に立ってみねえと、わからねえんじゃねえかな。
五人の衆にはわりいが、俺には人五人より芳一人のほうが大事《でえじ》だ。
いや、五百人より五千人より大事だ。
できんじゃあねえのかな。
二度は無理でも、一度っ切りならできんじゃあねえのかな。

次の日の朝四つ、俺はヤサを出る。

懐《ふところ》には、長後の金創医から返してもらった匕首を呑《の》んでいる。柄《つか》と鞘《さや》が不ぞろいの、不細工《ぶさいく》な匕首だ。

宿から逃れるとき、さすがに払われた鞘まで気が回らなかった。まさか、芳が持ってったはずもねえから、あのまま部屋に置いてきたんだろう。で、収まりどころがねえ匕首のために、医者が施術の道具用なのか、有り合わせの鞘を目っけてくれた。ちょっときつ目とかなんとか言っていたが、試しちゃあいない。筋者《すじもん》とはちがうから、あれから使ったこともない。手にも取らねえで、ヤサに仕舞い込んでた。

芳の匂いの残るただひとつのもんだが、ここまでは匕首を御札《おふだ》にしなくとも躰は勝手に動いた。中番屋でカネをつくり、信につなぎを付け、高座郡へ釣り人姿で足を運んで、芳が里に居ないのをたしかめた。

御札は腹の底にあって、匕首に頼らずとも済んだ。

でも、こんどばかりは、芳が握り締めた匕首の白木の柄に指の腹を擦らせた。

五人刺せなくはないんじゃねえか、とは思ったが、刺せると腹が据わったわけじゃあない。これからどうなんのか、と想っていると、知らずに指が柄に伸びた。

抜いてみたりはしなかった。

抜いたら、なけなしの覚悟が洩れちまいそうな気がした。

鞘を払うのは、橋の上、一度っ切りだ。

俺は、やれともやるなとも言わねえ匕首を袂の内に滑らせてヤサの戸を引いた。

ヤサは本所《ほんじょ》の吉田町《よしだちょう》にあった。下《げ》も下の岡場処で、四文の浪銭《なみせん》六枚でてめえを売る夜鷹《よたか》の巣でもある。蕎麦《そば》一杯分だ。

ここをネグラにして江戸中に散っていくが、いっとう多いのは河原とかじゃあねえ。なんと御城の目の前の護持院《ごじいん》ケ原《がはら》だ。

西の雉子橋《きじばし》から東の神田橋《かんだばし》まで、三つの御門にわたって、堀の外に見事な芝っ原《しばっぱら》が広がる。公方様の鷹狩場にもなるくれえだから、広さは半端ねえし、よく整ってもいる。風除《よ》けの松はたいそう高く御立派で、御城の豪壮な石垣に負けていねえ。その松と石垣の下で筵《むしろ》広げりゃあ、なんとはなしに御城に守ってもらってるみたいだし、瘡《かさ》で髪が抜けちまった頭を墨で塗って声掛けしなきゃなんねえ、夜鷹の切なささえいっとき忘れさせてくれそうだ。

捨てるもんがねえはずの夜鷹だって、ちっとでも命を盗《と》られる心配がなさそうな場処を選ぶ。まさか、いきなり夜鷹に落ちることはねえだろうが、吉田町で寝起きしてると、とにかく、ここに来ねえうちになんとかしなきゃなんねえと日々背筋が疼《うず》く。

本所の横川《よこかわ》沿いはそんな町ばかりだ。

吉岡町《よしおかちょう》は吉田町の双子のようだし、報恩寺橋《ほうおんじばし》から始まる清水町《しみずちょう》や時鐘《ときのかね》のある入江町《いりえちょう》には、四六見世だけじゃなく切見世が軒を並べる。

縦六尺の、横四尺五寸。間口《まぐち》八寸の土間を入れても畳二枚分しかねえ。四六見世の一ト切は半刻《はんとき》に足す小半刻《こはんとき》だが、切見世じゃあ小半刻のそのまた半分。代わりに、揚代は五十文だ。

俺はそんな切見世だった部屋をヤサにしている。切見世が食詰者《くいつめもん》のねぐらになったのか、食詰者のねぐらが切見世になったのかはわからねえ。ともあれ、有りガネは残らず芳を見つけ出す費用にしてえ俺には願ったりの棲処《すみか》だ。

どのみち一日のあらかたは空けている。寝に帰るだけだ。畳一枚ありゃあ、立派に両肩着けて横になれる。二畳もあったら御《おん》の字だ。老公の屋敷に居たときだって、仁蔵と二人で三畳だった。おまけに、場末《ばすえ》の場末にゃあ町役人《ちょうやくにん》だって近づこうとしねえし、居ながらにして芳探しだってできる。

岡場処と聞いて、野郎の頭に浮かぶのはまず深川だろう。吉原と張り合おうかっていう仲町《なかちょう》を筆頭に土橋《どばし》、櫓下《やぐらした》、裾継《すそつぎ》、新地《しんち》、石場《いしば》、そして佃《つくだ》。深川七場処《ななばしょ》は深川だけじゃねえ、江戸の岡場処の顔だ。でも、そんなの、芳の知ったことじゃあねえ。芳が思いつくとしたら本所くらいのもんだろう。

江戸暮らしをしていたといっても、わずかに三年。それも、市中の賑わいからは遠く離れた根岸だけだ。芳の頭んなかに、江戸の絵図が刷り込まれてるとは思えねえ。ましてや、女だ。岡場処がどこにあるかなんて知る由《よし》もねえだろう。で、とにかく盛り場の近くと見当をつける。けど、その盛り場にしたって多くを知ってるわけじゃあねえ。せいぜい、最寄りの上野と、その隣りの浅草、そして離れた処じゃあ両国くらいだろう。在の者が江戸へ出てきて、最初に足を向ける盛り場が両国だからだ。俺もそうだった。

初めての休みに、江戸随一の盛り場と聞いていた両国広小路を訪れ、真っ青な空に翻《ひるがえ》る赤や緑や黄の幟《のぼり》を見上げたとき、これが本物の江戸なんだと息を呑んだ。河岸《かし》には藤壺《ふじつぼ》みてえにびっしりと水茶屋が貼り付き、向かいには芝居小屋や見世物小屋が押し合うように建ち並んでいた。

見世物は軽業《かるわざ》に手妻《てづま》、浄瑠璃《じょうるり》、はたまた女相撲、蟹娘《かにむすめ》、熊女《くまおんな》……なんでもある。ひしめく屋台からは煮売や煮魚、卵焼き、蒲焼き、胡麻揚げ、それに玉蜀黍団子《とうもろこしだんご》なんぞの匂いが押し寄せて腹を鳴らせる。二十歳にもなっていながら、湧き出るような人波に揉まれ、目から耳から鼻から弄《もてあそ》ばれてると、なんでも集まる江戸なら、本物の蟹娘や熊女だって居るのかもしれねえと思ったりした。

直ぐにそんなわけがあるはずもねえのを思い知らされ、奉公する屋敷が替わるに連れ他のいろんな盛り場を知っていったが、それでも両国広小路の幟が俺の裡から消えることはなかった。両国には回向院《えこういん》があって、いろんな国の仏たちが遠路遥々《はるばる》やって来た。出開帳《でがいちょう》だ。江戸で出開帳といやあ回向院で、両国は俺の在とすらつながっていた。

せっかくの江戸一の盛り場が在と縁づいているのにがっかりして、俺の足は両国から遠のいたが、胸裏《きょうり》に翻る幟の色は逆に鮮やかさを増していった。どこに勤めていても不意に、無沙汰にしたまんまの幟がぱたぱたと音を立てたりした。

芳も初めての休みは両国だったんじゃあねえかと俺は想った。

そして、長後から江戸へ戻った芳もまた、両国へ足を向けたんじゃねえかと想った。老公からも子供からも身を隠そうとする芳が、根岸に近い上野や浅草に潜もうとするとは思えねえ。となりゃあ、残るは両国しかねえ。初めての休みに遊んで、これが江戸だと息を呑んだかもしれない両国しかねえ。

きっと、なにも食わずに夜通し歩き通して、西詰へ着いたんだろう。でも、着いたとたんに、ぱたっと歩みが止まる。そこまでは熱に衝《つ》き動かされてなんとか来たが、そこからの歩み方を芳は知らねえ。

もしかしたら、ひとまず水茶屋の床几《しょうぎ》に躰を預け、硬くなった足を道明寺《どうみょうじ》の入った砂糖水で労《いたわ》ったかもしれない。そして、大きく息を吐《つ》いてから立ち上がり、意外にしっかりした足取りで橋を渡った。

そんとき、芳にとっちゃあ、そこは紛《まぎ》れもなく〝両国橋〟になったんだろう。岡場処とは無縁だった国から、岡場処で息する国へ渡る橋だ。

渡り切るとそこは東詰で、土産物屋がひしめく元町《もとまち》の通りを抜ければ回向院が聳《そび》える。明暦《めいれき》の大火で仏になった十万の衆生《しゅじょう》を供養する救済の寺。けれど、岡場処を探す目なら、鎮守堂でも観音堂でもなく、門前の猫茶屋《ねこちゃや》を捉えるだろう。

女郎は金猫と銀猫で、金猫が一ト切一分、銀猫が二朱。ここがそうなのかと足を止めかけたが、芳の想い描く岡場処よりもずいぶんと表立《おもてだ》っている。どうしようかと迷う芳の背中を元町の人熱《ひといき》れが押して、そのまま足を動かしたんじゃあねえか。

回向院の周りを幾度となく回って、大徳院《だいとくいん》の境内や相生町《あいおいちょう》の女郎屋を遠くから探る。それから、脇を流れる竪川《たてかわ》に目を移して、一ッ目橋を渡ったかどうか……。

渡りゃあ、そこは本所随一の岡場処の一ッ目弁財天だが、界隈には他にも松井町《まついちょう》や御旅《おたび》、安宅《あたけ》、六間堀《ろっけんぼり》、それより下はねえ新大橋《しんおおはし》袂の類《るい》抜《ぬ》けと、上上《じょう》から下下《げ》、さらには番外までなんでもそろっている。ひょっとすると、この一ッ目界隈のどっかで、想いを切ったかもしれねえ。

渡んなかったら、竪川べりを東へ下るか、それとも割下水《わりげすい》沿いかだが、そろそろ、岡場処探しの町歩きにも疲れる頃だろう。なら、延々と町場がつづく竪川べりより、なんにもねえ割下水だ。

十年ばかり前に奉公していたある藩の上屋敷の北側が割下水に面していて、意外にきれいなのに驚いたことがある。

名に下水と付いちゃあいるが、割下水はドブじゃあねえ。雨水を流す排水路だ。山手《やまのて》じゃねえ江戸はみんな埋め立てた築地《つきじ》だが、本所深川はまんま海だった。浅海が広がって、無数の小島が散っていたらしい。だから、溜まった水をさっさと流さねえと直ぐに海に戻ろうとする。

竪川と大横川《おおよこがわ》が真っ直ぐで、川幅二十間《けん》もあるのは、海にしねえための大仕掛けだからだ。割下水もその仕掛けの一つで、雨水をせっせと横川へ流す。で、流れには鮒《ふな》やウグイが泳ぎ、岸には沢蟹が這《は》う。春には水浴びに来た鶯《うぐいす》がホーホケキョをさえずり、夏には蛙《かわず》が鳴き競う。芳も想わぬ川景色にひと息つきつつ、歩を進めたかもしんねえ。

いや……ひょっとすると、逆かもしれねえ。澄んだ流れとは裏腹に、辺《あた》りには質《たち》のよくねえ御家人《ごけにん》が多い。無役の小普請《こぶしん》が寄せ集まる土地だから、他人《ひと》のことは言えねえが、気《き》性《しょう》がえらくささくれだった奴が目立つ。

たまたま、そんなのに出くわしちまって、怖《こえ》え想いのひとつもさせられ、追われるように本所の深くに分け入っていった……。

　逃れる足を早めながらも、芳はこのまま行こうとてめえを追い立てたかもしんねえ。これで〝向こう〟へ行けると、腹を据えようとしたかもしんねえ。

　やがて、小普請たちのちっちゃな屋敷がひしめく家並みが切れて、三笠町《みかさちょう》になり、長岡町《ながおかちょう》になり、横川に行き当たる。

　三笠町も長岡町も居酒屋の二階で客を取る引張《ひっぱり》をやっている。安酒と色の入り交じった臭《にお》いから逃れるように、北中之橋《きたなかのはし》の袂に立った。

　川風を幾度か大きく吸って、振り返る。どこもかしこもいかがわしい。

　右手の法恩寺橋《ほうおんじばし》の筋には夜鷹の巣の吉田町、吉岡町。左手は寛文《かんぶん》からこのかた色里《いろざと》にしかなったことのねえ入江町だ。筋金入りの岡場処で四十の路地に、千三百の女郎が、待ち受ける。

　芳は思わず目を逸らしたが、直ぐに戻す。戻して、そのまま目が離せない。進むも退《ひ》くもできない。そんな芳を、土地の女衒《ぜげん》がほっとくはずもない。

「姉さん、路案内しようか」

　芳は挑《いど》むように女衒の下卑《げび》た目を見据える。

俺は芳がたどったかもしれない路を逆に行く。

今日に限ったことじゃねえ。吉田町にヤサを目っけてからはずっとそうだ。

芳が里に居るか居ねえかをたしかめようとしてた頃から毎日そうしてた。

まずは、入江町の路地を八本回って、表へ出て引き込みやってる女郎の面相を目に覚えさせる。

五日をかけて、四十本の路地を巡るということだ。

四十本ぜんぶ毎日でも舐《な》めたいが、それじゃあ顔を刻み込めない。俺はけっこう顔が見分けられる質だと思うんだが、それでも新顔で三十人くれえだ。

女郎の一割が表で張ってるとして、八本なら二百六十人の一割の二十六人。その日の具合で、もうちょっと増えてもなんとかなる。

これが四十本となると、一日に百三十人だから、さすがに厳しい。

それに、一日も欠かさず顔出しゃあ、さすがに路地番《ろじばん》に目をつけられる。

ま、五日に一度でも胡散《うさん》臭く思われてるかもしれねえが、そうと承知はしても、気配りは形として示しておかないと、あとあと、なんかあったときにこじれやすくなる。

路地番はそれなりの格を持つ女郎屋には居ない。名の売れてるような女郎屋は自前で幾人かの妓夫《ぎゅう》を雇って、もろもろの面倒を始末する。けど、切見世やちっちゃな四六見世にそんな余裕はない。で、見世が寄せ集まる一本の路地としてまとまって、一人の路地番を頼む。大きな厄介が起きたときは、他の路地の路地番たちに助っ人を頼んで事に当たる。

俺は路地番の手際《てぎわ》を見るたんびに、路地番ってテもあるな、と想う。見世は限られるが、路地番なら出入り御免だ。

でも、いまは路地番じゃあねえから、表に張ってる女郎だけでも顔を見ておく。もしも、そこに芳を見つけりゃあ、俺の一の務めは終わる。見つけられなきゃあ、とにかく顔を覚え込む。

女郎六人抱えた四六見世で、六人の顔を表でたしかめられたら、もう、見世に上がんなくてもいい。ちっとでもカネを長保ちさせることができる。

芳を探すようになってから、俺はケチにもなったし、えらく頭をつかうようにもなった。ずっと、ずる決め込んできた頭がびっくりしてるにちげえねえ。

こいつを西へ上がる路筋の三笠町でも長岡町でも亀沢町《かめざわちょう》でも相生町でもやる。

いつもの決まりごとだが、今日はずいぶん気持ちがちがって、念入りに目を凝らす。万に一つ、芳を見つけることができたら、匕首呑んで両国橋に立たずに済む。

いつにも増して、居るなら居てくれ、居るなら居てくれと念じつつ回ったが、やっぱり、そういうことにはならずに回向院まで来ちまった。門前の元町抜けりゃあ、もう橋の東詰だ。

けれど、西詰の広小路でもねえのに、めったやたらと人が出ていて、いったい、なんでえ、と独り言《ご》ちる。

擦れちがう者の話しぶりからすると、どうやら出開帳の初日みてえだ。信濃《しなの》のほうの阿《あ》弥陀《みだ》様らしい。

回向院の出開帳は年中通しじゃなく、春と決まっている。季節は四月で、もう夏に入っちまってるから、出開帳も見納めってことで、あっちこっちから押し寄せてるんだろう。遠目で見りゃあ、どいつもこいつも呑気《のんき》に阿弥陀詣でしてるようだが、俺だって、明日は大川に身投げする連中が、今日はへらへら笑ってるのを識《し》っている。あの人波のなかに俺が居るのを識っている。

想うように進まねえ混雑に知らずにほっとしちまうてめえに戸惑いながら、済まねえな、と俺は思う。

もしかしたら、だけどさ。

もしかしたらだけど、なんの恨みもねえあんたらを巻き添えにしちまうかもしんねえ。

刺しちまうかもしんねえ。

堪忍だぜ。

やる気はねえが、念のために詫びてるのか、詫びてる振りして、気勢の上がらねえてめえを盛り上げてるのかわかんねえ。

しょうがねえんだよ。

俺は詫びをつづける。

どうにもなんねえんだ。

俺は芳がでえじなんだよ。

わりいが、あんたらより、もう、まるっきりでえじなんだ。

ずっとずっとでえじなんだ。

刺してくれたんだよ、俺を。

科人《とがにん》になってまで刺す値打ちなんて、からきしねえ俺をさ。

恩、返さなきゃなんねえんだ。

ちっとでも早く見つけ出して、人殺しじゃねえのを知らせなきゃなんねえ。

五人刺すしかねえんだよ。

その代わり、にもなんねえだろうが、六人目は俺だ。

長後で死にぞこなった落とし前をここでつけるつもりさ。

あんたらだけで逝かせやしねえや。

胸の裡でぐだぐだ言い訳並べてるあいだに、だんだん昂《たかぶ》ってくる。

詫び入れようとしてたのに、気が張ってくるのがどうにも妙だ。

てめえとはちがうてめえが伸《の》してくるようで、さっきはほっとしていた混雑に苛立《いらだ》ち出す。

いましがたまでは進むのが遅《おせ》えだけだったのに、お詣《まい》り済ませた奴らと、これからお詣りしようって奴らがぶつかり合って、どうにも身動き取れねえ。

せっかく、そういう心持ちになりかかってるのに、これじゃあ橋の上に立つ前に気持ちが萎《な》えちまう。

そんとき、じゃ、いいじゃねえか、と俺は思った。

橋の上じゃなくたっていいじゃねえか。

ここで、いいじゃねえか。

いや、ここでいい、どころじゃねえ。

ここ、のほうがいいかもしんねえ。

両国橋の上、より、救済の寺の門前、のほうがいいかもしんねえ。

両国橋の上で五人刺される、よりも、出開帳の初日を迎えた回向院の目の前で五人刺される、のほうが効くんじゃねえか。

俺は大きく息を吐いて、俺と押《お》しくら饅頭《まんじゅう》してる奴らを見回した。

夜鷹が紛れ込んだとしか思えねえ、厚化粧が過ぎる七十近い婆《ばば》あ。

よく、ここまでたどり着いたもんだと感心しないじゃいらんない、よったよたの爺《じじ》い。

いましがた亭主を刺してきたばかりのように顔を強張《こわば》らせて、前に据えた瞳を動かそうとしない新造《しんぞ》。

えへらえへら、声は出さずに笑いつづける、身なりは手代風の男。

よりによって、なんでこんなおかしな連中ばっかなんだと困惑しつつも、そんなら、あんたらのたっぷり溜め込んだもの、まとめて始末してやろうかって気も湧いてくる。

それで芳が救われるんなら、あんたらだって本望だろうって、本気で思えてきて、躰をごりごりと捻《ねじ》り、呑んでた匕首取り出す隙間をつくった。

右手で袂から滑らせ、あっという間に消えようとする隙間をなんとか生かして、鞘を左手に持ち替える。

その場に立ってみねえと、やれるかやれないかなんてわからねえ、と思ったが、ほんとにそうなるもんなんだなあ、と嘆じつつ、俺は匕首を抜こうとした。

が、柄を握った右手は動かない。

刀身は滑らない。

一瞬、爺いか手代が俺の右腕押さえてんのかと想ったが、そんなことはない。

鞘から抜けないのだ。

もう、ぴくりとも動かない。

「鞘がなかったから、適当なのに納めといたがな」

長後の金創医の声が蘇《よみがえ》る。

「ちょっとばかり、きつ目かもしれん」

ちょっとばかり、どこじゃねえぞぉ。

ふやけた木が乾いて縮んだみてえに、刀身咥《くわ》え込んでやがる。

それとも、刀身にへばりついた俺の血、拭《ぬぐ》ってなかったってか。

もしかしたら、きつい鞘と血糊《ちのり》のどっちもか。

こめかみに青筋立てるが、とにかく抜けない。

まるっきり動く気配がない。

そのうち、思い詰めてたはずの新造がきっと俺を見据えて、女極道《おんなごくどう》みてえに言い放った。

「いけすかないね！」

おいおい、そんなんじゃねえぞ。

◆◆◆

抜くのをあきらめたあとでも、押しくら饅頭のなかで揉まれているあいだは、頭がふわふわしていた。

なんで、あの女に淫欲漢《いんよくかん》呼ばわりされなきゃなんねえんだと腹を立てることもできた。

このあたりで匕首手に入るのはどこだったっけ、なんて想ってもいたから、仕切り直す気もあったのかもしれない。

ところが、押《お》し合い圧《へ》し合いの熱気から放たれたとたん、ふわふわがぎゅっと詰まって、冷たい汗がどっと首筋や胸を伝った。

あのとき匕首抜けてたら、俺はまちがいなく刺していただろう。爺いを、婆あを、新造を、手代を、誰かもう一人を、刺していただろう。

本気で五人を刺そうとしていたてめえがてめえと重なんねえ。思い返すたびに怖気《おぞけ》立って、ぞっとする。踏み出す一歩一歩がえらく大儀《たいぎ》だったが、とにかく気い送って躰を橋から遠ざけ、割下水へ向かわせた。

一方で、芳に己れの無事を届けるたった一つの手立てを打っちゃって橋に背を向け、仕切り直す気もなさそうなてめえが情けなくもあり、許せなくもある。

心底から刺せなくてよかったと胸撫《な》で下ろしてるてめえを、心底から許せねえわけで、もう、ぐっちゃぐちゃだ。

胸撫で下ろしてるてめえと、許せねえてめえが別々に居るわけじゃねえ。てめえはひとつだ。ひとつのてめえがよかったと思い、許せねえと思ってるわけだ。

真っ二つに分かれてんのは、よかったと許せねえ、だけじゃなくて、いろんな瑣末《さまつ》にも及んでいて、もう、あれこれ考えようとする側《そば》からばらんばらんに散っていく。

そのうち自分でも訳がわかんなくなって、急になにからなにまでまるで駄目みてえな気分になって、気がつくと歩きながら、抜けねえ匕首、割下水へ放っていた。ぐちゃぐちゃと重いもん、たらふく孕《はら》んだ匕首なのに、立てる水音はぽちゃんと、かわいいもんだ。

芳との関わりの始まりはどっからだったんだろう。はっきりしてるのは、大山道のちっちゃな旅に出てからだが、なんでも投げやるてめえがこんだけしつっこいんだから、きっと、ずっと前からだったんだろう。ずっと前から芳の役に立って、垢抜けねえ世界とつながりてえって願ってたんだろう。

　で、あろうことか、芳と老公との因縁をカネに替えようとして、芳に腹刺させることになっちまった。人殺しと思わせることになっちまった。長後で死にぞこなったところで悟ったはずなのに、勝手な理屈こねて性懲りもなく勘ちがいを重ねようとしている。このまんまいきゃあ、まちげえなく芳にもっとでっけえ災い背負《しょ》わせることんなる。

　もう、芳には凭《もた》れかからねえ。

　ぐちゃぐちゃの頭で、俺は念じる。

　きっと、芳は岡場処にだって居ねえ。

　岡場処の話は御札放したくなかったから、おめえがこさえたんだ。でっちあげたのさ。

　いまごろ、芳は岡場処じゃあないどっかで、なんてこたなく暮らしている。来年あたりにゃあ親子三人で出開帳行ったりしてるかもしれねえ。寄《よ》る辺《べ》のないおめえが心配したくともしようがねえ世界の住人になってるさ。

　もう、放してやれよ。

　俺はてめえに言い聞かす。

　御札、捨てろ。

寄る辺ないてめえに戻れ。

えへらえへら嗤って、一日一日凌げ。

いちいち、ごもっともだ。

俺が抗《あらが》えるわけがねえ。

だから匕首放ったんだが、あんまりごもっともで、匕首放るよりてめえ放ったほうがよかったなと思う。

それなら、そんなにはむずかしかない。

護持院ヶ原の夜鷹とおんなじで、いざ始末するとなりゃあ、てめえの命だって口で言うほど簡単じゃあねえが、両国橋の上の五人よりはどうにかなるだろう。

でも、今日はここまで来るだけでいっぱいいっぱいだ。

そいつ考えるのは、ヤサでちっと休み入れてからにさせてくれ。

足が大儀だと、ひとりでに頭が落ちる。顔が俯《うつむ》いて、地面だけを見て歩く。俺もまさにそうやって吉田町を目指した。

でも、俺がそうしてるのは疲れだけじゃねえんだろう。家並みも掘割も板塀も鬱陶《うっとう》しくてならねえんだろう。

むろん、人はもっと鬱陶しい。女郎だろうが、客だろうが、路地番だろうが、通りすがりだろうが、とにかく人の顔を見たくねえし、見られたくねえ。路行く俺の姿はまんま、路に落ちてる鉄物《かなもの》目っけて歩く古鉄《ふるがね》拾いだっただろう。

ようやっと吉田町にたどり着いて、下げっ放しの頭を上げるが、おんなじようなボロ家が並んでいるんで、てめえの二畳、目っけるのに手間どる。とにかく早いとこ閉じこもりてえのに見つかんねえ。

やっとこさ前に立ったときは、ほんとにこれが俺の二畳かって疑った。

朝、出たときの二畳とおんなじ処とは思えねえ。ていうか、人の棲む処とは思えねえ。俺は、引き戸の下にてめえで墨入れた小便避《よ》けの鳥居《とりい》を探す。三度見返したが、まちげえなく右肩下りの俺の鳥居だ。

岡場処に沈んでる芳を連れ戻す、って突《つ》っ支《か》い棒《ぼう》を取《と》っ払《ぱら》うと、こんなになっちゃうんだね。

見てると、なんか涙、出そうになった。仏になった仁蔵と暮らしてた下男部屋が物置だとしたら、ここはゴミ箱だ。

それでも、いまの俺が雨露《あめつゆ》しのげる場処はそこしかねえから、齢食った亀みてえに動こうとしねえ戸を引いてなかへ潜り込んだ。

入っても、〝こんなになっちゃうんだね〟は変わらねえ。

二畳あったら御《おん》の字、だったはずなのに、ただただ狭っ苦しく、おまけに小便臭《くせ》え。外のハバカリ行くまで我慢できねえか、行くのも面倒だって奴が、戸の真ん前でやらかしちまうんだ。そういうのが染みついている。前から臭いはしていたが、気になるまでじゃあなかったはずなのに、ゴミ箱どころかオマルに思えてきやがる。

見えるもんぜんぶがろくでもねえ。天井の板目にも腹が立つ。俺は目をぎゅっと瞑《つむ》るが、板目は消えても臭いは消えねえし、ボロ家の煎餅《せんべい》みてえな板壁だから、音も情け容赦なく飛び込んでくる。

表からは、雪駄《せった》の音、呼び込みの声、客とのやりとり、時折、物売り。

両隣りからは、女郎の虚啼《そらな》き。

客がなかなかイかねえんだろう。ずいぶんとヨガリ声が大きい。

右からもアファアフ。

左からもアファアフ。

でも、おかしいよな。このボロ家は一棟丸ごと貸し間と聞いてた。だから、両隣りだって俺んとことおんなじで、切見世じゃあねえはずなのに、いったい、どういうこった。

虚耳《そらみみ》まで聴こえるようになっちまったかと唾を飲んでみるが、虚啼きは止まない。

アファアフ。

アフアフ。

よりによって、こういう成り行きだ。いい加減、ブチ切れそうだ。俺は変わっちまう俺に身構える。

けんど、不思議と苛つかない。

十《とお》数えても、気にならない。

むしろ、染みる。

ずいぶん、染みる。

染みてみて、疵があんのがわかる。

疵かぁ、って口にしてみたら、その疵じゃあねえのに、なぜか、子供の小便かけると疵の治りがいい、っていう金創医の与太を思い出した。

ひょっとして、女郎のアフアフは、子供の小便なんじゃねえか。

子供の小便だって、まかりまちがえば効くんだろう。だから、そんな与太が広まったんだろう。

女郎のアフアフも、まかりまちがって俺の疵に効いている。

頭下げっ放しで戻った俺には、生き返ると感じるほどに。

てめえの躰で効き目をたしかめりゃあ、どんな怪しげな薬だって秘薬だが、この秘薬はどっちもきっと、生きることなんだろう。

子供は育つのが仕事だ。

女郎は虚啼きしても生きる。

アファフ。

アファフ。

右は生きている。

アファフ。

アファフ。

左も生きている。

右も左も生きている。

おかしな感じだ。

落ちるもんが落ちちまって、生きてる音だけが伝わってくる。

世界の底に、雫《しずく》が一滴宿っていて、その雫のなかから世界の物音を聴いてるみてえだ。

てめえの血の音も聴こえる。

右も左も生きているように、俺も生きている。

護持院ヶ原で夜鷹が生きてるみたいに、俺も生きている。

俺を糺《ただ》した俺はどうだろう。
俺を糺した俺は、生きているのだろうか。
俺を糺した俺は、ちゃんと生きてる俺か。
てめえで生きずに、生きている俺に宿《やど》ってねえか。
生きる俺は惑いも迷いもする。
だけど、俺が岡場処に居る芳を願ったことなど一度もない。
俺は岡場処に居る芳を誰よりも恐れた。
だから、ここで、こうしている。
こうして生きている。
俺は背中を起こして、引き戸の隙間から洩れてくる陽を測る。
陽はまだある。
弾かれたみたいに起き上がる。
急いで雪駄をつっかけて戸を引いた。
路地へ出るや、雪駄履き直して走り出す。
吉田町から吉岡町へ抜け、一丁目の角を左に折れた。
割下水に突き当たると、こんどは右に折れ、岸辺に沿って走る。

突き当たりの御竹蔵《おたけぐら》が間近になった処で足を停め、川岸を下りて裾《すそ》を端折《はしょ》り、流れに足を入れた。

あとは手探りで、底を探る。

ひたすら探る。

手が匕首に触ったときには、思わず声が洩れた。

わあ、とか、ああ、とか言っていた。

この春に生まれた川海老が泳いでいるのに、ようやく気づいた。


翌朝、戸を叩く音で起こされた。

開けてみると大家が立っている。こんな町にも大家は居る。

「なんですか」

「なんですかって、念押しだよ」

「なんの？」

俺はまだ寝足りない声で訊く。

「明け渡し。ここ、あと三日で出てってもらうから」

「あと三日？」

まさに、寝耳に水だ。

「またね、切見世に使うことになったの。お隣りさんは両方ともきのう出ていったよ」

なら、きのうの両隣りの虚啼きは虚耳じゃあなかったんだ。

「聞いちゃあいなかったが」

そいつがわかったのだけはよかったと思いつつ問うた。

「だって、あんた、いつ来ても居ないでしょ。居ない者には伝えようがないでしょうが」

「置き紙でもしといてもらえりゃあ」

いつ来ても居ねえんなら、ふつうはそうすんだろう。

「あんたね、ここでそれは嫌味《いやみ》だよ」

「はあ」

「ここいらで字読める奴、どんくらい居ると思ってんの。この町ではね、ぜんぶ顔突き合わせての口伝えなの」

俺の負けだ。

「でも、あんたには会えなかったから、特別に便宜《べんぎ》はかって、あと三日にしたんだよ。そういうことで、ちゃんと伝えたからね。頼みましたよ。あと三日」

いろいろ重なるときは重なるもんだ。まるで、岡場処で芳を見つけようとする俺の覚悟をあらためて試されてるみてえだ。

もしも、きのう戻ったばかりのときに戸を叩かれたら、俺はどぎまぎしたことだろう。なにをどう考えてよいのかわからなかっただろう。

でも、いまは、たとえ追い出されても、この吉田町で次の貸し間を目っけるだけだ。そうして少なくとも、入江町の千三百人だけは当たる。

両国橋のことは二度と考えない。

となれば、岡場処の女郎を一人ずつたしかめるしかなくなる。まずは、入江町の四十本の路地に詰める千三百人だ。

とはいえ、千三百人のうちの何人回れるかなんてことは考えない。

もう、カネ勘定はしない。

三十両、消えてなくなるところまでつづけるだけだ。

そのあとのことをどうするかは、そんときになって考える。

先を計りゃあ、つづかねえことは明々だ。どんな台詞《せりふ》にも〝どうせ〟が付いて回って、手足が止まっちまう。

どうせ、入江町ぜんぶは回れねえ。

ぜんぶ回れても、どうせ、入江町だけだ。

たとえ本所くまなく当たったって、どうせ、岡場処のさわりにもなんねえ。

どうせ、どうせ、どうせ、だ。

計っちゃあならねえ。

行く処まで行ったら、そこでどうにかして、また、行く処まで行く。

どうにかならなかったら、そんときこそ心置きなく、てめえの始末でもなんでもする。

始末は芳探しの、表と裏だ。

いまはそれしか考えねえ。

俺がやるのは、人殺しじゃないって伝えることだけだ。伝えて、芳自身が組んでいる檻《おり》を消す。

追い立てに来た大家に礼を言いたいくらいの気持ちで二畳を出る。

とりあえず、午《ひる》からの日課にしている八本の路地巡りだ。

きっちり言やあ、今日は八本じゃあなく、一本多い九本になる。これもきっちり言やあ、路地は四十本じゃなくて四十一本だからだ。五日かけてぜんぶの路地を回るとすると、八本が四つに九本が一つになる。

なんの理屈もあったもんじゃねえが、俺はこの四十一本の一本がどうにも気になる。つまり、四十一本の路地の四十一本目はいったいどの路地かってことだ。

路地には番号が振られているわけじゃない。それに、四十一本がまとまって行儀よく並んでいるわけでもない。行儀よく並んでりゃあ入り口が一本目で、どん尻が四十一本目ってことになるんだろうが、路地はいくつかの地区に分かれてばらばらに在る。どこが一本目で、どこが四十一本目かを決めるのは無理だ。が、俺にははっきりと四十一本目の路地がある。表で張る女郎の顔をしっかり頭に刻み込むには、毎日、回る順番を固めて変えないことが欠かせないからだ。俺の頭のなかでは、一本目から四十一本目までぜんぶ番号が付いている。

ただし、一本目にはあまり意味がない。順番は回りやすさが軸だから、吉田町から入江町の岡場処に至る路筋であらかた決まる。七割方はさほど考えるまでもない。つまり、一本目は労せずして決まる。問題は後ろの三割ほどで、とりわけ最後だ。三十九本目と四十本目と四十一本目は、なぜ三十九本目と四十本目と四十一本目なのかということだ。そこに自分の目が出る。

俺の流儀からすれば、四十一本目が決まれば、四十本目も三十九本目もおのずと決まる。締めの四十一本目へ回るのに都合のいい路地が四十本目になり、四十本目へ回るのに都合のいい路地が三十九本目になる。すべては四十一本目しだいだ。

俺の四十一本目は、今日、回る九本の路地の最後になる。三十三本目から始めて、四十一本目で終わる。

なんで、そこが四十一本目なのかと言えば、締めの路地にふさわしい路地番が詰めているからだ。

おそらく、四十一人の路地番の頭《かしら》を勤めているんだと思うが、別に頭なんて肩書きなくたって、その四十一本目の路地番が四十人を束ねていることは、ひと目見りゃあわかる。大名駕籠《だいみょうかご》を担ぐ、陸尺《ろくしゃく》さながらなのだ。

陸尺は武家奉公人のなかでも別段の存在だ。棲む世界がちがうって言ってもいい。あらかたの藩の江戸屋敷は、美丈夫《びじょうぶ》で、仲間内に顔の利《き》く陸尺を競って迎える。むろん、給金だって惜しまない。陸尺は上背《うわぜい》によって雇い賃が決められているんだが、いっとう高い上大座配《じょうだいざはい》なら一日に銀十匁《もんめ》、月にして五両を取る。俺たちの一年分の給金を、半月で稼ぐってことだ。

なんで、いつもぴいぴいのはずの藩が陸尺だけは奢《おご》るのかといやあ、大名行列つくって御城に登るときに恥を晒さねえためだ。ただの見栄だけで大枚はたく余裕はいまの大名家にはない。

行列と行列が鉢合わせしたとき、どっちが路を譲るかは、ふつうは駕籠に乗る大名の家《か》格《かく》で決まる。けれど、ありのままの路上じゃあ、その通りにはならない。家格の高いほうの大名駕籠を担ぐ陸尺に進めと命じても、足を停めたまんま動こうとしねえことがしばしばある。相手の行列の陸尺に遠慮しているのだ。

陸尺の世界には気骨《きこつ》や腕っぷし、男振りなんぞで決まる格というものがあって、そいつをないがしろにしたら生きていけねえ。たまたま雇われてるだけの大名家の家格より、ずっと生きていく陸尺の島のほうでの格が先に立つのはあたりめえの話で、だから体面がすべての江戸屋敷は、名の売れた陸尺を頼りにしなければならなくなる。

実際に上大座配を目の当たりにしてみると、陸尺は別段だってことが否応《いやおう》なくわかる。なんで月に五両も取るんだ、なんて台詞はこれっぽっちも出てこねえ。駆ける速さで馬と太刀打《たちう》ちしようなんて思わねえように、〝男〟振りで陸尺と張り合おうなんて気はさらさら起きない。陸尺は人じゃあなくて〝男〟なんだ。〝男〟という別の生き物。

背は見上げるように高く、四肢は伸びやかだ。もともと惚れ惚れするような姿形《すがたかたち》の上に、細心の手入れを怠《おこた》らないから、肌艶《はだつや》はこの上なく深く、抜かりなく塗り込んだ香油の匂いも得《え》も言われぬほどだ。

その美麗《びれい》な躰に、陸尺は嵐を呑んでいる。武家がとっくになくしちまった嵐。いったん吹き出したら森をなぎ倒して荒れ野にせずにはおかねえ嵐だ。うっとりするしかない容姿が孕《はら》んだ荒れ狂う嵐……その落差が陸尺の〝男〟を醸《かも》している。

名を銀次《ぎんじ》という、四十一本目の路地の路地番は、その〝男〟だ。いや、上大座配の〝男〟にも増して〝男〟だ。

上大座配の勤め場は大名駕籠の、そのまたてっぺんだ。武家奉公人の誰もが仰ぎ見るし、江戸屋敷の侍だってこぞって立てる。〝男〟磨きにも張りがあるだろう。でも、銀次の勤めは路地番だ。それも、本所の三ツ目、入江町の路地番だ。日々、安女郎を物色《ぶっしょく》する客を相手にする。〝男磨きって、そりゃ、なんでぇ〟と嘯《うそぶ》く奴にしか勤まらねえ。

掃き溜めの鶴だって、掃き溜めが長けりゃあ、いつしか羽繕《はづくろ》いを忘れるだろう。そうして真っ白な羽が薄汚れる。銀次が凄《すげ》えのはそこだ。銀次の〝男〟は、入江町の路地が長くても色褪《あ》せねえ。常に身ぎれいで、けっして背を丸めない。丹頂《たんちょう》みてえに、すっと立つ。四十《しじゅう》の男盛りの、広くて大きな背中がしゅっとする。

自嘲はいっさい口にせず、勤めは手抜きなし。四十一本目の路地は小便の臭いもしねえ。別にやかましく言わずとも、銀次が居るだけで、客の慮外《りょがい》は激減りする。なにしろ、〝男〟振りが半端ねえから、伝説には事欠かない。人を五人冥土《めいど》へ送ってるとか、いや七人だとか、勝手に噂が付いて回る。元は武家だなんて話もある。それでいて、客はちゃんと付く。安心して遊べるって評判が立ってるからだ。女郎はしっかり護るが、甘やかしもしねえ。

銀次が居るから、その路地は四十一本目の締めの路地になる。銀次がすっくと立ってさえいりゃあ、入江町の路地だって歌舞伎大芝居の舞台だ。

だから、四十一本目を回るときは俺も気を張り詰める。おかしなことはやっちゃいねえつもりだが、路地番からすりゃあ、女も買わねえくせに五日に一度はかならず顔を出して、女郎を冷やかしていく野郎は十分におかしいかもしれねえ。で、いつも、銀次と目が合いそうになると、つい、逸らしちまう。おかしさの上塗りだが、今日は逸らすまいと念じても、なかなかその通りにならないのは、銀次の〝男〟への気後《きおく》れも入っているんだろう。

今日もそうだった。三十三本目から入って、新しい女郎を十四人頭に刻んで四十本目を終え、気を締め直して四十一本目に分け入った。路地の中ほどで銀次が目線をくれたが、やはり逸らしちまった。また、上塗りか、と思ったところで、今日に限っては二度目の目線を寄こした。受けられたのは、今夜、客として上がるつもりがあったからだろうか。

初めて目を合わせた銀次は、なんとも張りのある、よく響く声で言った。

「お客さん、ちっと話させてもらっていいかな」

そうして、すたすたと近寄ってきて、俺の前に立つとつづけた。

「探し人かい」

見透かされてたんだ。

「いや、なにね」

　路地の奥の、人目につかねえ角《かど》っこに誘ってから銀次は言った。

「冷やかしは歓迎なんだが、お客さん、冷やかしの目じゃねえからさ。ほらっ、目に助平《すけべえ》が出てねえんだよ」

　目つき顔つきも気にはかけていたつもりだが、銀次の目を通せば見え見えだったんだろう。

「こういう場処じゃあ、どうしたって浮いちまう。で、他の路地の奴らにもちっと話聴いてみたんだが、お客さん、ここは五日に一っぺんだけど、他も入れると、毎日、回ってるみたいだね」

　思わず、頬が火照《ほて》った。

「女郎も買わず、その目配《くば》って毎日回ってるとなると、探し人、ってあたりに落ち着く。でね、俺らからしたら、探し人ってのはあんまし嬉しかねえんだ」

　そういう話の流れになるなら、向かう先は出入り禁止ってとこだろう。俺は思わず暗くなる。

「ただの牡《おす》んなって、浮かれるとこだからね、こういう場処は。助平してない者が交《ま》じってると、せっかくの浮かれ気分が冷《さ》めちまうんだよ」

女郎買いを始めてからも、路地巡りはつづける気だった。そうして少しでもカネを浮かせて、芳探しができなくなる日を先に延ばすつもりだった。はて、どうするか……。

「しかし、まあ、そいつはこっちの了見で、探し人してたって、おとなしくしといてさえくれりゃあ、こっちも見て見ぬ振りするさ。お客さんもいちおう一本の路地についちゃあ五日に一っぺんって、気い遣ってくれてるみてえだからね」

ちっとだけ風向きが変わるが、さて……。

「こっちが放っとけねえのは、探し人で終わらねえ探し人さ。目っけたあとで、仇討《かたき》つとかね。ここは女郎の町だから、仇はめったに居ねえだろうが、妻仇《めがたき》なら居たっておかしかねえ。知ってるかい、妻仇討ち」

俺は黙ってうなずく。目にしたことはねえが、武家奉公が長かったから、そういう縛りがあることくらいは知っている。妻に不義を働かれた武家は、その妻と不義の相手を成敗しないと、逆に罰を受けるという決まりだったはずだ。もしも、妻と相手が逐電《ちくでん》したら、どこまでも追いかけて討ち果たさない限り、家督を守ることはできない。言われてみりゃあ、男つくって逃げた妻を探して岡場処を巡り歩く武家だって居るかもしれねえ。さぞかし、夫も元の妻もやるせねえだろう。

「ま、昨今は、間男《まおとこ》されても妻仇討ちは面倒だってんで、なかったことにするとか、女房の実家と内済で済ましちまうとか、表沙汰にはしねえことが多いようだが、まったくなくなったわけじゃねえ。実あ、前にもあったのさ、この入江町でね。けっこうな立ち回りになって、路地者総《ろじもん》がかりでなんとか押さえたんだが、そういうのがいっとう困るんだよ、こういう町じゃね。もともとお上には許されていねえ色里だ。この世から買う男と売る女が消えることはねえから、お上も大目に見てるわけだが、なんか事があると、立場上、建前持ち出さねえわけにはいかなくなる。だからさ、こっちはお上の手を煩《わずら》わさねえよう、ちゃんとお行儀よくしてなきゃなんねえってわけだ」

この建前をうまく使いこなしてるのが吉原だ。華やかな絵を振りまく吉原だが、場処は浅草田圃《あさくさたんぼ》の向こうに在る。江戸の真ん中から吉原は遠く、岡場処は近い。地の不利を挽回しようと、繁盛してる岡場処の繁盛してる見世に狙いを定めて密偵を送り、恐れながらと証拠を添えて御番所《ごばんしょ》に訴え出る。証拠そろえねえで訴えると、では調べておく、とかなんとか言われて有耶無耶《うやむや》にされちまうから、あとは出張るばかりにして訴状出すわけだ。

市中ただ一つの公許の廓から、裏取り付きの訴えが出れば、御番所も取り締まらないわけにはいかない。で、警動《けいどう》ってことになる。放っておけば動こうとしない御番所を、建前振りかざして動かすわけだが、俺にとってもけっして遠見《とおみ》の火事じゃあない。警動受けた岡場処の女郎は吉原に売られて、どん詰まりの河岸見世《かしみせ》あたりで客取らされる。吉原は芳探しの枠に入れてなかったが、そういうわけにはいかなくなる。

「お客さんは侍の臭いしねえから妻仇討ちってことはねえと思うが、ここんとこ、ちっちゃな厄介が何件かつづいちまってね。いまはなんとか収まってるが、これに上乗せがあると、八丁堀《はっちょうぼり》も動かねえわけにはいかなくなるかもしれねえ。で、不粋《ぶすい》で済まねえが、厄介の種子《たね》のうちから触らせてもらってる。立ち入るようだが、どういう事情で探し人してるのか、差し障《さわ》りのねえところで教えてもらえりゃあありがてえ」

相手が銀次でなけりゃあ、一も二もなく突っ撥《ぱ》ねるところだ。相手が銀次であっても、言葉が終わらねえうちに突っ撥ねようとした。押し寄せる銀次の〝男〟をなんとか堪《こら》えて、「言えねえな」って台詞を用意した。なにがどうであれ、芳には触れさせねえ。これくらいなら大丈夫と踏んでも、そいつが蟻《あり》の一穴《いっけつ》になるかもしんねえ。咄嗟《とっさ》の遣り取りだからこそ、すべてを拒む。

なのに、動かしかけた唇止めたのは、これが路地巡りをつづけられるかどうかの分かれ目になると察したからだ。数字のことは考えねえで行くところまで行くと腹を据えたからこそ、でっきるだけ長く延ばしてえ。となれば、女郎買いだけじゃあなく、路地巡りを併《あわ》せてやんなきゃなんねえ。俺は回らねえ頭ぶん回して、蟻の一穴になんねえ事情の説きようを考えた。そして、短い答を、できるだけゆっくり喋《しゃべ》った。

「恩人、探してんだ」

ゆっくり喋りながら、蟻の穴《あな》を探してた。

「探し出して、礼がしてえ」

それで、答は終わりだった。終わってからも、穴探しはつづいた。

「ほお」

銀次がどう受け止めたのかはわからなかったが、嘘は言わなかった。ほんとうのことを言った。嘘で言《い》い逃《のが》れはしないと決めていた。こういう男に嘘で逃げるのは、熊に背中見せて走り出すようなもんだ。嘘を言わなきゃなんねえようなら、語らない。

「で、こんだけ通い詰めてるんだ。大恩人なんだね」

「大恩人だ」

一音、一音、噛み締めるように答えた。

「その大恩人が、女郎んなかに居るわけだ」

「居ると決まったわけじゃあねえが、俺は居ると見て動いている」

「なんで、そう見る？」

どんな答でも、答えりゃあ次の問いが来るのは覚悟はしていた。ずっと頭ぶん回しつづけるんだと腹を据え直して、俺は答えた。

「生きなきゃなんねえからさ」

でも、あんまりいい答じゃあ、生きづらいってわけだ」

「真っ当な場処じゃなかった。

案の定、銀次は食い込んできた。

「でえじょぶだよ、そんな顔しなくても」

よほど俺がはっとした顔をしたのか、銀次は言った。

「女郎はみんな、真っ当な場処じゃあ生きづれえ事情があって女郎になったのさ。おめえさんの言葉尻《ことばじり》、捉えたわけじゃねえ」

言われてみりゃあ、はっとするほどのことでもない。でも、いいんだ、それで、と俺は思った。そんくらいでいい。

「その生きづれえ事情は言えるかい？」

どうということもない風で、銀次は問う。ひと安心させてから、ついっと切り込む。俺はひとつ大きく息をしてから答えた。

「そいつは言えない」

「言えねえのか？」

いかにも意外の体《てい》だ。もやっていた銀次の〝男〟が起《た》ち上がって、てめえがイロハのイみてえなしくじりをやらかした気分になってくる。言わなきゃいけなかったのかと悔い始める。そこをなんとか踏みとどまって、俺は唇を動かした。

「言えない」

言ったら、蟻の穴じゃあなく土竜《もぐら》の穴をこさえちまう。どばどば抜けちまう。たとえ、路地巡りを止められても言っちゃならねえ。俺は銀次の次の台詞に身構える。

「なら、礼のほうを訊こうか」

意外にも、捩《ね》じ込んでこない。押したり引いたりだ。

「どんな礼をすんだい？　カネか」

「カネじゃあない」

「まさか、お礼参りの礼じゃあねえだろうな。そいつはいけないぜ」

「そんなんじゃない！」

憤然と、俺は言う。

「苦界《くがい》から救い出すってか」

銀次は次々に問いを繰り出す。

「足抜けやったら、どんなことになるかは承知だね」

「前借《まえしゃく》はねえはずだ」

芳が岡場処に居るとしても、日々を凌ぐためだ。前借金を返すためじゃない。前借なくともあの手この手で縛るかもしれねえが、そんときはそんときで考えるしかない。その前にとにかく、人殺しじゃねえことを知らせる。芳の、気持ちの裡の檻をぶっ壊す。

「じゃあ、どんな礼をすんだい？　それも言えねえか」

そいつについちゃあ、最初っから答は用意していた。

「目の前に立って、俺の姿、見せるのが、俺の礼だ」

これで、ぎりぎりだ。

「ほお……」

銀次はちっと思案した。

「まさか、お袋さんじゃあねえよなぁ」

そういうことになるのかと虚を突かれつつ、俺は答えた。

「そりゃ、ねえ」

「なら、なんで、おめえさんの姿見せるのが礼になるんだい」

「それは、言えない」

「また、言えねえか」

なぜか銀次は笑ったように見えた。

「その大恩人は、女郎は初めてかい」

おもしろくて笑ったわけじゃあねえだろう。きっと、その逆で笑ったんだろう。

「そのとおりだ」

言葉の角がカチカチだった。

「大恩人はおめえさんの礼を喜ぶかな」

「すごく喜んでくれると思う」

とにかく、そのまんまを喋る。

「カネよりも？」

「ずっと」

銀次はふーと大きく息を吐いてから、ぽつっと言った。

「どうにも、わかんねえなあ」

そして、つづけた。

「女郎買いはこれからもしねえのかい」

「今夜からする」

「へえー。じゃ、ほんとのお客さんだぁ。一ト切か」

「一ト切、四つ」

「仕舞いまでか。豪勢だが、探し人だもんな。そんくらいしねえとな。今日から毎日かい」

「そのつもりだ」

「おめえさん、凌ぎはどうしてる？　大店の主人にも見えねえが」

「いまは凌ぎはやっちゃいない。手持ちでやっている」

「幾らある？　言いたかねえだろうが、言ってみてくれ」

　これまででいっとう凄みがあった。

「三十両。ちっと欠けてる」

　言いたかねえが、言った。カネについちゃあ、手の内、明かした。いろいろ言えねえ代わりに、どっかでひとつ、銀次にすべてを曝《さら》け出そうと思ってた。

「大金だが、毎日、四ツ切買ってたら、そんなには保たねえよ」

「承知さ」

　ちっと考える風を見せてから、銀次は言った。

「手数《てかず》だがな、明日、また、おんなじ刻限に、ここまで足運んでみてくれ」

ちょうど午八つの鐘が鳴って、それで、俺の聴き取りは切上げのようだった。入江町は「鐘撞」の別名どおり、刻の鐘のある町だ。ひとつ息をしてから、俺は答えた。

「わかった」

用向きは尋ねなかった。返答によっちゃあ来ない、という札は、こっちにはない。どのみち来なきゃなんねえなら、尋ねる意味がない。明日も、ない頭ぶん回さなきゃなんねえと思いつつ、俺は四十一本目の路地を背にした。

俺は女についちゃあ後ろ指さされる質《たち》だった。俗に言う「地者《じもの》好きのぼろっ買い」というやつだ。

「地者」は素人。「ぼろ」は女中とかの身分の低い女。女郎買いをしないで、素人の女中なんぞばかり手を出してる意地汚い男、ってことになる。

江戸じゃあ、女はカネを払ってきれいに遊ぶものって見方が男にも女にもあって、カネ払わねえで素人を抱こうとする男は性悪《しょうわる》とされた。

やってることはそのとおりだから、言われるまんまにしておいた。「ぼろっ買い」と言われたって、こっちだって下男の「ぼろ」なんだから、釣り合いからしたって相手も「ぼろ」になる。「ぼろ」と「ぼろ」。恨《うら》みっこなしで、別に「ぼろっ買い」と揶揄《やゆ》される筋合じゃあねえが、そう思いたい奴には思わせておくしかねえ。

それに、俺にしてみれば、俺は地者好きというよりも女郎屋が嫌なのだった。

なによりも嫌なのは、女郎屋のあの割床《わりどこ》だ。かなりの上見世とされる女郎屋でさえ、一つの座敷に衝立《ついたて》並べただけで客を三人、四人、入れたりする。四六見世なら、言わずもがなだ。八畳間に四、五人は当たり前だろう。みんな、なんとも思っちゃいねえようだから、俺のほうがおかしいってことになるんだろうが、犬や猫じゃああるめえし、なんで他人が腰動かしてる直ぐ横で女抱かなきゃなんない。もう、ただただ、それだけって感じで、遊びもへったくれもねえ。きれいに遊ぶ、が聞いて呆《あき》れる。

しかも、その座敷で、廻しやる。掛け持ちやる。いい具合になってきたと思ったら、女が「ちょっと待っててね」と言って隣りの隣りの布団へ行って「お待たせ」とか言って、また少ししたら戻ってきて、今度は俺に「お待たせ」って呼びかけて、つづきになる。俺も興醒めだが、女だって平気じゃああるめえ。蕎麦の丼《どんぶり》置くみてえに、「お待たせ」言ってるわけじゃねえだろう。

馴れるようにしてるというか、馴れなきゃなんねえんだろうが、馴れ切ることなんてあんだろうか。まだ、若かったせいだろう、俺は女も男も馬鹿にされてるような気分になったもんだった。ほらっ、あんたらだってひと皮剝《む》きゃあ犬畜生とおんなじだよね、ってね。おんなじだってんなら、てめえが片足上げて小便したらどうだ。

で、若い俺は「地者好きのぼろっ買い」になった。銀次が言うみてえに「ただの牡」にはなれなかった。それからは、あっちだけで生きてるわけじゃなし、そんなこたあ気にも留めずにずっときたが、ゆんべ四六見世の四ツ切買うなんて真似してみて、てめえが二十年経っても、まるっきり変わってねえどころか、ひどくなっていることを悟らされた。

上がった見世には、陰見世《かげみせ》があって、こいつは嬉しかった。空いてる女郎が顔見世するんだが、吉原の張見世みてえに表にあるんじゃなくて、見世んなかへ入ると見れるようになってる。聞いたら、女郎はぜんぶで七人ってことで、二人が陰見世やってたから、俺としちゃあ残り五人の顔をたしかめればいいことになる。一人でも二人でも減ってくれるのは、めっぽうありがてえ。

実あ、俺は四六見世に陰見世があるのを知らなかった。下男部屋での話題といやあ色と博打《ばくち》と相場が決まっているから、どこにどういう岡場処があるとかは嫌でも覚えちまう。でも、なにしろ女郎屋嫌いだから、見世んなかのことはそうは知らない。知りゃあ、買い方だってちがってくる。カネ浮かせることができる。俺は早速、買い方変えた。

陰見世やってた二人はもう面知ったわけだから、二人ではない女を頼もうとしたが、路地をひと巡りしたあとで戻れば、こんどはいま客取ってる女が陰見世してるかもしれない。二人とも入れ替わってたら、上がって顔たしかめなきゃなんない女郎はいきなり三人に減る。で、俺はいったん路地へ出て、いい機嫌《きげん》で歩いている客に、この路地で他に陰見世やってるとこを知らないか、って尋ねた。女の顔を覚えられるし、間も取れる。

「知らねえでかい」

客は言うが早いか、俺の肩に手を回す。

「入江町んことなら、なんでも俺に聞いちっくれよ」

そうして、すたすたと歩き出した。

「はい、到着」

一軒の見世の前で足を停めると、がらっと戸を引いてがなり立てる。

「ほらっ、お客さん、連れてきたぜ。女、見せちゃってくれ」

そして、俺に顔向けてつづけた。

「あと一軒はこの向かい。じゃあな」

俺は一生ああいう路案内はできねえんだろな、と思いつつ見世へ分け入る。ちゃんと陰見世はあったが、あいにく、一人しか張っていなかった。そこはすっと引き揚げて、言われたとおり向かいを覗くと三人居る。合わせて四人の顔をたしかめてから表へ出て、戻りがてら切見世を冷やかした。

切見世の女郎は一軒に一人だから、路地巡りだけであらかたの目処《めど》はつけられる。いままで表に出ていなかった女が出ているのと、入れ替わっているのに注意していればいい。そうやって頃合いを見て、最初の四六見世へ戻った。

陰見世には二人居たが、残念ながら、新しく入ったのは一人だけだった。それでも残るは四人になって、四ツ切買えば、その夜のうちに七人ぜんぶの顔をたしかめることができる。俺は早速、さっき陰見世やってた一人といまの二人じゃあない女郎、一ト切ずつぜんぶって注文つけて、上がり框《かまち》を踏んだ。

有りガネ大事に遣って女郎買いするためとはいえ、引っ掛かりはあった。陰見世に出ていない、ってことは、いまは客の相手をしているわけだ。つまりは、廻しになるんだろな、と想ったら、やっぱり廻しだった。

五組並んだ割床の右端《はし》の布団で待ってると、左端から枕抱えてやってきて、周り屏風《びょうぶ》を整えてから、「この見世、初めて？」とか言う。「あたいは牡丹《ぼたん》。ここじゃあみんな花の名前つけてるの。覚えやすいでしょ。どうぞ、ご贔屓《ひいき》にね」。そうして、俺の右腕の側《がわ》に横寝《ね》した。

入江町の四六見世だから三十なら御《おん》の字《じ》、四十でもおかしかねえと想ってたら、牡丹はまだ十七、八ってとこだ。それが左端から右端へ枕抱えてやってきて、俺の右腕の側に横寝する。

こいつは昔、女郎から直《じか》に聞いた話だが、客の右側に横寝して向き合うのは、客の利き腕を封じるためなんだそうだ。女がそうすりゃあ、客は右腕を下にして横寝することになって、左腕しか使えなくなる。

首絞めるのも、匕首刺すのも、一つの動きじゃあできねえ。で、客のおかしな動きを察せられる。その一寸の間が、生きるか死ぬかを分けるってわけだ。

そんな女郎ならではの所作《しょさ》を、十七、八の娘がすっとやる。

足りねえ助平がますます細る。

てめえがなによりも嫌な廻しを、てめえから押しつけちまったこともあって、俺は牡丹に言っていた。

「ちっと酒が過ぎちまって、役に立たねえみてえだ。わりいが、休んどいてくれ」

「いいの?」

「ああ」

牡丹のおっきな目に戸惑いの色が浮かぶ。

「あたい、うまいよ」

「そうか」

横寝の動きも滑らかだった。きっと、いろいろ一生懸命稽古したんだろう。

「お客さんのほうが、声、出ちまうって」

さぞかし、うまいにちげえねえ。

「次んとき頼むよ」

言ったときには、もう、軽く寝息を立てていた。左端へ戻るまでの、束の間の休息だ。けど、ちょんの間ほどの時間も経たねえうちに、左端から「まだかよ!」という険を含んだ声が上がる。即座に、牡丹の瞼《まぶた》が開くが、起き上がろうとはしない。俺に目を向けてにこっと笑い、「まだ、いいの」と言ってから、再び目を瞑った。牡丹は十七、八だが、もう立派な仕事師《しごとし》だ。

二ツ切目の白菊《しらぎく》は打って変わって四十超えて見えた。ずいぶんと肥えてもいて、顎が三重になってる。いくらなんでも「白菊」はねえもんだ。客が付かねえで、みんなの汚れ物洗わされてたところを、俺が、陰見世やってた女じゃあねえ残りぜんぶ、なんて注文出したもんだから、慌てて引っ張り出されたらしい。

「だからさ」

と白菊は言った。

「相手してくれなくてもいいから、そそくさ帰らないでよね、頼むから」

ひそひそと、しかし、切羽詰まった調子で言う。

「あたしだって女郎なのに下働きばっかやらされてさ。七人分の飯炊きと洗濯だから休む間なんてありゃしない。あたし、病気なんだよ。瘡《かさ》じゃないけどね。瘡はもうずいぶん昔やって、すっかり治った。もう、心配ないんだ。だから、瘡じゃあないんだけど、瘡くらい重い。なのに、働かされ詰めだから、治る病気も治らない。だからさ、お客さん、帰らないで、ちっとのあいだ、あたし休ませとくれよ。後生《ごしょう》だからさ」

そいつは気の毒だ。気の毒だが、そんな台詞を誰かれなく並べているんだろうか。なかには、いきなり叩き出す客だって居るんじゃねえか。女郎屋も女郎屋だ。なんにも考えてねえ。白菊入れて四人並べるなら、二番目じゃなくて最後だろう。俺は芳探しだから居残らざるをえねえが、遊びならとっくに飛び出てる。やる気がねえのか、やることやんなくても客入る温《ぬる》い商いなのか。これで通るんなら、俺が楼主になったって大繁盛させられそうだ。

「なら、休みな」

俺は俺の左手の側に仰向《あおむ》けになっている白菊に言った。

俺も眠ろうかと思ったが、寝つけるはずもなかった。まだ四月なのに、白菊が隣りに居ると暑苦しく、重苦しかった。

三ツ切目を迎えるとき、俺はあらためて、これはぜえんぶ芳を探すためなんだ、とてめえに言い聞かせた。

むろん、そんなのは、わかり切ったことだ。いまの俺の暮らしはもうなにからなにまでそれなわけだ。それしかねえわけだ。いまさら、言い聞かすことじゃねえ。

なのに、念押ししなきゃなんなかったのは、躰がとっちらかってきたからだ。

俺は肌の合わねえ女郎屋にもう一刻半も居つづけていた。

それも、とことん肌の合わねえ割床に居つづけて、廻しもやった。

安普請の二階だから、四人の野郎の動きに合わせて畳は揺れるし、梁《はり》は軋《きし》む。

女郎の虚啼きもあっちからこっちから飛び交う。割床の虚啼き合戦は、二畳の虚啼きとはぜんぜんちがう。

畳は訳のわからねえ臭いがするし、汗、染み込んだぺらぺらの布団は干しがぜんぜん足りてねえ。

こんな滅茶苦茶《めちゃくちゃ》をまた一刻半つづけると想うと、盛大に鳥肌立った。なんか妙なことが、躰に起きそうだった。

むろん、なに音を上げてる、とは思った。

遊びじゃねえぞ。芳を探してんだぞ。そんな弱音垂《た》れ流してる暇、一寸《ちょっと》もねえだろう。だいたいが、毎日、路地歩きしてんじゃねえか。小便臭え二畳で寝起きしてんじゃねえか。いいかげん、てめえの躰に岡場処染み渡ってんだろう。こんなことくれえ、屁《へ》でもねえはずだ。

そうなのだった。

屁でもねえかどうかはともかく、俺も昔の若い俺とはちがうんだろうと期待してた。割床も廻しも、好みに変わってるはずもねえが、なんとかこなせるんじゃねえかと想ってた。

齢も食ったし、なによりも芳を探し出すっていう、どうあっても遂げなきゃなんねえ務めがある。二十年も前とはまるっきりちがうはずだった。けれど、それとこれとはちがうみてえで、むしろ、躰の拒みかげんは昔よりもひどくなっていた。

三ツ切目の桃《もも》は、三十は回ってそうなのに地者っぽかった。腹を据えるためにも、一度はやることとやっておこうと、素人《す》っぽさに助けられて頑張った。終わると、桃が俺の胸に目遣《や》って、のんびりと「お客さん、痒《かゆ》くないのぉ？」と言う。「なんか、ミミズ腫《ば》れみたいになってるよぉ」。

見ると、胸といわず腕といわず、発疹が盛り上がって一面に広がっている。とたんに、ひでえ痒みが津波みてえに襲ってきて、もう、どうにも我慢がならねえ。ただの蕁麻疹《じんましん》というには、発疹も痒みもあまりにたいそうだ。それでも歯食いしばって堪《こら》えて最後の四ツ切に持ちこんだが、はだけた俺の胸を目にした女が、ひっと声をあげて逃げ出して、代わりに顔を出した楼主《ろうぬし》が箒《ほうき》の柄《え》の先で俺の肩をとんとんと叩いて言った。「お客さん、この揚代《あげだい》は要らねえから、仕舞いにしてもらえねえかな」。

そんなこんなあって、銀次《ぎんじ》が待つ四十一本目の路地へ向かう俺の足取りは重かった。女郎屋を見てるのと上がるのじゃあ、ぜんぜんちがった。路地巡りしてる限りじゃあ、それなりにしゃんとはできても、客になった俺はまるっきりへっぽこだった。まさか、女郎屋上がるたんびに、ひでえ蕁麻疹になってるわけにもいかねえ。女だって気味わるがるだろう。いちいち、こいつはただの蕁麻疹で、別にわるい病気じゃねえんだ、って言い訳並べんのか。痛みならなんとかなっても、痒み堪えて跨《また》がるわけにゃあいかねえぞ。

いったい、この先、どうやって芳《よし》を探していきゃあいいのか。

きのうからずっと気にはなっていた銀次の用向きも、すっかり霞《かす》みがちだった。

それでも、吉田町《よしだちょう》から横川《よこかわ》沿いを歩いて入江町《いりえちょう》が見えてくると、なんでわざわざ日を跨いでまで呼び出したんだろう、という疑問がむくむく頭をもたげた。

考えてみりゃあ、きのうのうちにおかしいと思うのがふつうなんだが、たまたま、巡り合わせで抜けちまったんだろう。

明日来い、と言われたときは、ああ、これで今日は終われるんだっていう、解き放たれた想いが強かった。銀次の〝男〟の入道雲から逃れた安堵が広がって、ちっとでも早くその場を離れたかったし、離れたら離れたで、明日のことなんて考えたくもなかった。

午《ひる》八つよりあとは、次のヤサ探しをしなけりゃならず、夜は初の女郎買いを控えていて、そんことでいっぱいだった。で、女郎屋上がってみりゃあ、あのとおりだ。てめえにしてからが信用ならなくなって、こんどは頭がとっちらかっちまった。

もう直《す》ぐ一本目の路地だ。今日は真っ直ぐ四十一本目へ向かうつもりだったが、ちっとだけ回り路《みち》して、頭動かすことにした。きのうは、それでも〝探し人〟って枠《わく》があっていろいろ訊《き》かれたが、今日は、来い、だけだ。用向きわかんなきゃあ、頭ぶん回しようにもぶん回しようがねえ。それでなくとも、今日の頭はきのうを引き摺《ず》ってて頼りねえ。蕁麻疹ての は頭にもわるさすんだろうか。

とにかく、動こうとしねえ頭をなんとか動かして考える。

いっとう、あってほしくないのが出入り禁止だが、それなら、日跨ぐまでもねえだろう。日跨ぐってことは、俺の知らねえ誰かと寄り合ってた、ってことなんだろうが、半端野郎の〝探し人〟だ、俺の件なんぞ銀次の一存でどうとでも決まるはずだ。言うなら、きのうのうちに言ってんだろう。

それとも、〝探し人〟を疑ってんのか。「ここんとこ、ちっちゃな厄介が何件かつづいちまってね」とか言ってた。「いまはなんとか収まってるが、これに上乗せがあると、八丁堀も動かねえわけにはいかなくなる」と。訊いてるうちに、その「ちっちゃな厄介」に俺が関わっているとでも観《み》たのだろうか。知らねえうちに、知らねえ事件に巻き込まれちまってるってことか。

あるいはカネか。女郎買いつづけりゃあ直ぐに消えちまう額とはいえ、三十両は大金だ。大金だからこそ手の内明かした。なんでもかんでも突っ撥《ば》ねるわけじゃねえ、てめえ曝《さら》け出す用意はあるって了見を、なんかで示しときたかった。カネなら芳と糸はつながんねえ。だから、カネで銀次の懐《ふところ》飛び込んだつもりだったが、やっぱり餌《えさ》になっちまったんだろうか。日跨いだのは、俺から三十両巻き上げる算段してたってことか。男銀次もカネが絡みゃあただのヒトか。

蕁麻疹はまだ治《おさま》り切っちゃいねえ。なんかの拍子で、また広がりそうだ。堂々巡りしてると、ぶり返しそうで、踏ん切って足を四十一本目の路地へ向ける。俎板《まないた》の鯉《こい》になるつもりはねえが、俎板には乗らなきゃなんねえようだ。乗るが、芳探しができなくなるような成り行きになるなら、もう、俺だって守るもんはなんにもねえ。相手が銀次だろうが、事と次第によっちゃあ暴れるぜ、って気をあったためて足送った。てめえの始末は、芳探しの表と裏だ。

路地番は午九つからだから、着くと、銀次はもう居た。ひょっとすると、きのうのこと忘れちまってて、「なんだったっけ」とか言い出すんじゃねえかと想ったりしたが、そういうことにはなんなくて、俺を認めると、心得た顔つきを浮かべて、「午は済ませたかい」と言った。きのうの今日で、とても物を食おうなんて按配《あんばい》じゃねえ。黙って、首を横に振ると、「じゃ、蕎麦切りでも手繰《たぐ》らねえか」とつづけた。蕎麦切りくれえなら、なんとかなりそうだ。

そこいらの屋台だろうと想ってたら、すたすたと歩いて路地を抜け、横川に架かる北辻《きたつじ》橋《ばし》を入江町を背にして渡る。横川を越えると、本所はがらっと土地柄《とちがら》を変える。横川より西は割下水《わりげすい》みてえに無役の貧乏御家人のちっちゃな家がひしめくが、東は大きな武家屋敷ばっかで、大名の江戸屋敷だってある。処どころに畑も交じる。町は本所の南の端を、竪《たて》川《かわ》に沿って薄く縁取るように延びているだけで、銀次が足を停めたのは柳原町《やなぎわらちょう》の二丁目だった。どうやら、路地番は若え者《わけ》に任せてあるらしい。

目当ての蕎麦屋は、屋台どころか元は小料理屋だったんじゃねえかって想えるほどの念の入った建物で、掃除とかも行き届いている。入江町と二丁目隔《へだ》ててるだけとはとうてい思えねえ。横川挟んだ西の三笠町《みかさちょう》じゃあ居酒屋の二階で女売るが、東のこっちはきれいなもんなんだろうと思いつつ、銀次に付いて小ざっぱりした小上がりに上がった。

頼みもしねえのに蕎麦切り一枚ずつ運ばれてきたのを見ると、銀次の午はいつもここなのかもしんねえ。手繰る手付きは、いかにも蕎麦っ食いのそれだ。まあ、見事につつーと気持ちよく蕎麦を喉へ送りやがる。あんまり見事すぎて、ちっと窮屈なんじゃねえかとさえ感じちまう。こう、なにからなにまで格好よく〝銀次〟で居るのはしんどかねえか。

「どうだい？」

あっという間に一枚食い終えて、次の一枚を待つ銀次が問う。

「旨《うま》い」

あとちっとで蒸籠《せいろ》が空く俺が答える。

「ここらで、こんな真っ当な蕎麦屋があるとは想わなかった」

店構えも真っ当なら、出す蕎麦も真っ当だ。とびっきりとは言わねえが、十分に旨い。ちゃんと蕎麦の香りが立っている。少し茹《ゆ》で加減が硬めだが、こいつは好みだろう。

「真っ当、か」

ぽつっと銀次がつぶやく。

「真っ当、とは言えねえかもしれねえぜ」

思わず、蒸籠から顔を上げて銀次の顔を覗《のぞ》いた。

「じごく、やってんだよ」

直ぐには音と意味が重なんない。

「地者のほうの地獄さ」

その地獄、か……。

「二階でな」

「横川、渡ってもかい？」

東のこっちはきれいなんだろう、と思ったばかりだ。それが二階で地獄か。

「横川、渡るからさ」

どうということもないように、銀次は言った。

「横川の西じゃあ、切絵図で読めねえようなちっちゃな字の御家人屋敷が詰まってる。みんなカネとはとんと縁がねえ。で、いよいよ、よんどころなくなったときゃあ、新造《しんぞ》や娘が束の間稼ぎをする。といったって、さすがにおんなじ土地の三笠町や入江町じゃあ具合がわりい。といって、家には無役の亭主がいつも居るから、遠くへ足延ばして、家を長く空けるわけにもいかない。で、近くて遠い、横川の東になるって寸法さ」

話がすとんと腹に落ちる。

「亭主も承知してんのかしてねえのか、横川の東にゃあ足踏み入れないらしいぜ。で、血の雨降ることもなく、日々、無事に過ぎていく。万事、横川のお蔭《かげ》さ。路一本じゃあ、魔が差したら越えちまう。水が流れてる川ってのはありがてえもんだよ。橋、渡っちゃやなんねえって、頭冷やしてくれるからな」

「じごく」は字でも「地獄」と書く。が、元はといえば「地極」だったらしい。〝地者の極く内々の商い〟、つまり、素人の女が極く限られた範囲で躰《からだ》を売ることを指す。だから場処も女郎屋じゃあなく、こういう蕎麦屋や料理屋、知り合いの家とかが多くなる。でも、まさか、ここがそうとは想いも寄らなかった。

「おめえさんの大恩人も、地獄やってるかもしれねえとは思わねえか」

二枚目を手繰り出した銀次が、つつーとつつーの合間につづける。

「思わなきゃなんねえだろう」

たしかに、地獄を知りゃあ、まずはそこから入るかもしれない。けど、どうやって探す？　頭を巡らせつつ俺はつづけた。

「思わなきゃなんねえが、見つけるのが難儀そうだ」

女郎屋ならいつ行っても女が控えてるが、地獄はそうはいかねえ。だからこその「地極」だ。

「地獄で恩人見つけようと思うんなら、探すんじゃなくて、待つことさ」

目は蕎麦猪口《ちょこ》に遣ったまま銀次は言う。

「待つ？」

どういうことだ。

「ここに出入りしてる女をいっとう知ってるのは誰だ。蕎麦屋の親爺《おやじ》だろ」

「ちげえねえ」

「だったら、おめえさんも蕎麦屋の親爺になりゃあいいのさ。蕎麦屋の親爺になって、待つんだよ。恩人がやって来んのを」

言ってることは、よおくわかる。

「おめえさん、ヤサはどうしてる？」

二枚目の蒸籠も食い終えた銀次が急に話を替える。

「吉田町の切見世だった二畳で寝起きしてたんだが……」

例によって、言葉並べながら蟻の穴を探すが、てめえのヤサと芳はどうしたってつながんねえ。

「今日入れて二日で明け渡せって言われてるんで、次のを探してるとこさ」

そのまんま喋《しゃべ》った。

「なら、」

間を置かずに、銀次が言った。

「やっぱり、待っちゃあどうだい」

そして、つづけた。

「待ちゃあ、探し人しながら、凌《しの》ぎも、ヤサも手に入るぜ」

目からウロコってやつだ。言われてみりゃあ、そのとおりだが、考えもつかなかった。ぜんぶをつなげて考えてみることができなかった。けど、それがてめえにできるかできねえかは、また別の話だ。

「大恩人なら、カネが尽きたら探すの終わり、ってわけにはいかねえだろう」

銀次はつづける。

「行き当たりばったりじゃあ済まねえぜ。ちゃんと凌いでもいける根城《ねじろ》こさえた上で探したらどうだい」

好きで、行き当たりばったりやってるわけじゃねえ。そうでもしねえと前へ進めねえから、カネ勘定やめた。できねえってわかり切ってることを、人に勧めるのは酷《こく》だぜ。俺は穏やかじゃねえのを隠さずに言った。

「蕎麦屋やってか」

手持ちのカネでこの店手に入れるのはどうしたって無理だ。屋台ならできるだろうが、屋台じゃ地獄はできない。俺と根城は縁がない。

「とりあえず、四六見世でいいんじゃねえか」

でも、銀次の口調はさざなみも立たない。

「探し人するのに、間口が地獄だけってのはいかにも狭《せめ》え。まずは、四六見世やってから、地獄に広げてっちゃどうだい」

「きのう、俺はあんたに俺の手持ちを言ったよな」

思わず、俺は言っていた。こっちの言いてえことがぜんぜん届いていねえみたいだ。

「ああ、聞いた」

「三十両欠けてんだぜ」

「そうだったな」

「それで四六見世手に入るはずもねえだろ」

泥水《どろみず》いくらでも呑《の》んでるだろう銀次にしちゃあ、言い草がずいぶん悠長だ。その悠長さに苛《いら》つく。銀次相手に苛つくんだから、やっぱり相当に躰の按配がおかしいんだろう。芳探しと表と裏の、てめえの始末がぐいぐい伸《の》してくる。

「そうでもねえさ」

けど、銀次の〝男〟は一寸《ちょっと》も揺れねえ。

「百二十軒からあるんだぜ。一軒残らず繁盛してるはずもねえ。場処によっちゃあ、いけねえ路地だってあるし、いけねえ見世だってある。いくら代替わっても、どうにもならねえのがな。借財の綱渡りで首が回んなくなって、いくらでもいいから売りてえって奴も居るだろうよ」

「理屈としちゃあ、そうだろう」

話としてならわかるが、現実に、入江町に三十両足らずで手に入る四六見世があるとは思えない。

「理屈じゃねえさ」

けれど、銀次は即座に言った。

「だから、日を跨いだんだ。心当たりと寄り合って、そんな見世を見繕《みつくろ》ってたんだよ」

そして、つづけた。

「おめえさえその気なら、これから案内するが、どうする？」

まじか。


「その前に訊きてえ」

俺は銀次の目を真っ直ぐに見て言う。

「なんでえ」

「なんで、こんな、いろいろ、してくれるんだい?」

「いろいろ、とは?」

「いろいろは、いろいろさ」

入江町の銀次を敵に回しちまうかもしれねえが、それは仕方ねえと俺は腹を据えた。蕎麦屋での銀次の話はいちいち有り難いものだった。そして、有り難く感じるほどに違和感が膨らんだ。銀次が俺にそこまでしてくれる理由がなにもねえ。あるとしたら、唯一の理由は、この話が俺から三十両巻き上げる算段だってことだ。案内を頼んだら最後、俺の芳探しは呆気《あっけ》なく消されちまうのかもしれねえ。銀次の〝男〟に気圧《けお》されて、疑念を曖昧に放り置くわけにはいかねえ。俺は溜まりに溜まった呑み込めねえもんを、洗いざらいぶつけることにした。

「まずは、この蕎麦屋だ」

「ここが、どうかしたかい」

「てめえの勤め空けてまで、ご丁寧に横川越えて蕎麦食いに来た。そうやって二階の地獄を教えてくれて、探すより待つことを諭《さと》してくれた。どうして、そこまでして、俺みてえな半端野郎の探し人に付き合わなきゃなんない。どこにも理由がねえじゃねえか」

「ほお」

「挙句、待ちの根城の物件を、日を跨いでまで当たってくれた。おかしいだろう。入江町の銀次だぞ。なんで、わざわざそんな手間、買って出る。なんで、俺にそんな義理がある。そいつが知れなきゃあ、おっかなくて、じゃあ頼む、なんて言えるわけもねえ」

「なるほどねえ」

銀次にしちゃあめずらしく、ふーと大きく息を吐いてから唇を動かした。

「答えやすいところから言うが、まず、この蕎麦屋はわざわざ来たんじゃねえ」

声の色は穏やかだ。

「俺の午はいつもここなんだ。もう思い出せねえほど前から、一日も欠かさず通ってる。座りゃあ、黙ってても蕎麦切り二枚が出る。俺好みの硬茹でのやつがな。こいつは、そういうことでいいかい？」

俺は黙ってうなずく。そこんとこは想わないでもなかった。

「次に、おめえは半端野郎じゃねえ。半端野郎ってのはな、入江町の銀次が訊くと、なんでもかんでも洗いざらいぶちまけちまう奴を言うんだよ。脅してもいねえのに、赦《ゆる》しを乞うみてえに、てめえのほうからべらべら喋りまくる。けんど、おめえは肝腎なことになると、もう貝だ。俺がちょっくら強面《こわもて》見せても、言えねえ、言えねえだ。それも、てめえのためじゃねえ、他人のために貝になる。もしも貝殻、破られたら、てめえ始末する腹も据わってる。そういう奴は半端野郎じゃねえ。そして、そういう奴はそうそうは居ねえ」

俺は顔色は変えずに身構える。この甘っぽい物言いも、カネ巻き上げるための手練《てれん》かもしれねえ。

「だから、ちっとばかり肩入れしてるところはあんだろう。さっき、地獄に話が行ったのは、まあ流れで、おめえが真っ当な店って言ったから、真っ当じゃあねえって受けたんだが、そっから、待ちの根城をつくれって話に及んだのは、流れだけじゃあねえんだろう。でもな、俺は入江町の者なんだよ。入江町の路地番なんだ。お人好しじゃあ済まねえ。情には流されねえように、組み上がっちまってるんだよ。根城の物件探したのも、肩入れじゃあねえ。はっきりと、カネのためさ」

まさか、語るのか。三十両巻き上げる算段だって明かしちまうのか。

「物件の買い手を紹介すると、売り手から仲介料が入る」

そりゃ、そうだろう。世の習いだ。そんなところから種明かし始めんのか。

「ま、仲介すりゃあ礼が出るのは当たり前だが、ここいらが当たり前じゃねえのは、取り分の歩合がべらぼうに高いってことさ」

三割なら相場は外れてねえ。四割、五割なら、べらぼうではある。さぞかし、口利きにも身が入るだろう。

「急場凌ぎの取引ばっかだし、因縁物《いんねんもの》も多いからね。女郎屋がなんでひと晩中、座敷の行灯《あんどん》点《つ》けとくか知ってるかい」

「いや」

「油、注《つ》ぎ足すのを口実に、不寝番《ねずのばん》がちょくちょく座敷に出入りするためだよ。そうやって、心中とかがねえように目配《くば》ってんだ。そんだけ訳ありが多いってことさ。お蔭で、こっちは、そこそこの取引でもけっこうな身入りになる」

つまりは、俺から三十両巻き上げるまでもねえってことか。そいつが言いたいのか。

「だから、おめえは三十両をずいぶんちっちゃく言うが、俺らにとっちゃあちっちゃかねえ。二十両でも十両でもね。おめえを助ける義理はねえが、おめえに儲けさせてもらう欲はあるってことさ」

話の筋は通っている。むしろ、しごく真っ当だ。

「買い値が高いほど俺の取り分も大きくなるわけだが、そこは信用で、俺は売り手も買い手もどっちにもいいような落とし処を心掛けてる。長い目でみりゃあ得だし、入江町の銀次の名を上げてもくれるからね。あいつならなんとかしてくれるって評判取るには、欲をかかねえことさ」

しかし、ほんとにそれだけなのか。そんなきれいな話で終わるのか。きれいなもんだと想ってたら、二階は地獄だったたってえ話にはなんねえのか。

「だから、おめえもおっかながらなくていいと思うぜ。当座必要になるカネが残るような値を考えてるよ」

そんなこと言われりゃあ、張り詰めてた気が知らずに抜けちまう。入江町の銀次からの話だ。容《い》れちまったほうが楽だ。それを楽しねえで、必死こいて堪えている。腹なんざ据わっちゃいねえ。覗かれりゃあ、冷や汗の雨降らしてる。

「で、どうでえ。なにはともあれ、てめえの目で見てみねえか」

これが手練なら、もう手練に乗るしかねえんじゃねえかと思う。もしも、やっぱり裏があって、芳探しを断ち切られたら、そんときゃあ、威勢かき集めて刺しちがえたらいい。このまま、おぼつかねえ躰で有りガネ尽きるまで女郎買いつづけるか、危なさは消え切らねえが、根城築いて腰を据えて芳を待つか、俺は頭ぶん回して、待つと決めた。

「どこの路地だい?」

「そうこなくっちゃな」

入江町四十一本の路地なら、ぜんぶ頭に入っている俺だ。銀次の話しぶりから、路地の見当はつけていた。巡っていて、ここだけは芳に居てほしくないな、と思わずにはいられねえ路地があった。三十三本目の路地で、一本まるごと、破《や》れた感に埋め尽くされている。楼主がそろいもそろってやる気がねえのか、どっか一軒のやる気のなさが憑《うつ》っちまったのか。客の付かねえ女たちがどんよりした顔つきで見世の前の床几《しょうぎ》に座ってるんだが、路地に分け入ってもこっちに目を寄こすわけでもねえ。俺にはその三十三本目の路地が、岡場処というより、病人の溜《ため》に見えた。

はたして、銀次が足を停めたのは三十三本目の路地で、〝根城をこさえる〟という言葉が含まずにはいらんねえ晴れやかな響きが、みるみる萎《しぼ》んでいった。でも、逆に、ほっとはしていた。この破れ具合なら、たしかに俺の手持ちで買えてもおかしかねえだろうと思えたからだ。

銀次が指し示した見世は、その路地のなかではいっとうマシな新しめの建物で、そんときはなにか得したような気分にさえなった。なんとか盛り返そうと手を入れたものの、路地を覆い尽くす病にはいかんともしがたく、最後には降参したって感じが色濃く漂っていて、どうにかしてやりたいという気持ちを起こさせた。

「いい見世だろう」

見世に目を遣ったまま、銀次も言った。

「いい、かね」

俺もいいと思う。でも、いいかどうかは、見る者の目しだいだろう。

「だって、ここなら、てめえのやりたいように見世つくれるぜ」

銀次はつづけた。

「なんだかんだ言って、入江町には入江町の縛りがある。好き勝手やるわけにはいかねえ。繁盛してる路地ほどね。ところが、この路地は言ってみりゃあ落ちこぼれだ。味噌っ滓《かす》だ。あそこはどうしようもねえ、って見放されてるから、なにやったってなんにも口出ししてこねえ。だからさ、玄人《くろうと》にはできねえこと、やりゃあいいんだよ。玄人が寄ってたかって、挙句、こんな路地つくっちまった。素人生かして、逆、やりゃあいいのさ」

俺も、おんなじことを考えていた。

「おめえなら、探し人、貫き通しゃいいんじゃねえか」

銀次の声は柔らかかった。

「待って、大恩人と出会うには、どういう女郎屋がいっとういいのか、そんだけを考えて見世つくりゃあ、きっと見ちげえるような見世になってるだろうぜ」

俺は首を回して、銀次の横顔に目を遣った。なんなのだろう、と想っていた。初めて銀次の姿を目にしたときから、なぜか惹き付けられた。そんときはまだ銀次の〝男〟の噂は耳にしていなかった。それでも、上大座配《じょうだいざはい》を想わせる男振りは届いていたわけで、そいつに気圧されていたのはたしかだが、しかし、日を経るに連れて、それだけじゃねえと感じるようになった。それがなんなのかはわからなかったが、いまの銀次の言葉に、そのなにかが、割下水の川海老みてえに息している気がした。

「なんでえ」

目線に気づいた銀次が顔を寄こす。

「頼んじまうぜ」

俺は銀次に深く頭を下げた。


売り手とはその日のうちに話をつけた。

他の路地でちょっとした厄介が起きて、銀次が束の間、座を外したとき、売り手がぽつんと言った。

「いや、助《たす》かったさ」

銀次が言ったとおり、目の前のカネが入り用なのだろう。

「なにしろ、あの人は、仲介料取らねえからね」

えっ、て思った。

「取らねえのか」

「ああ、四割五割は当たり前なのに、一分も取らねえ。いくら言ってもね」

どういうことだ。

「それに、タダほど高いもんはない、ってことにもならねえんだよ。あとあとになってもね。こっちは切羽詰まってるどころじゃねえからさ、神様仏様さ。やっぱし、入江町の銀次だよ」

銀次にはそのことを尋ねなかった。

いつか、ちゃんと、尋ねるべき時が来るのがわかった。

いま、ではなかった。

で、俺はやりたいようにやった。

◆◆◆

まず、割床《わりどこ》を止《や》めた。

前からの見世は一階に八畳間一つ、二階にやはり八畳間が二つの三間で、そこに衝立《ついたて》で区切って十五の床を敷いていた。

それを、八畳間を四畳間二つにつくり替え、一階と二階合わせて四畳間を六間にした。その六間に敷く布団は、部屋の数と同じ六組。つまり、四畳間に敷く布団は一組だけで、女郎にも客にも、その四畳間は自分だけの座敷になった。

むろん、俺の蕁麻疹のもう一つの源である廻しも止めた。

以前は八人の女郎で十五の床を掛け持ちしていたが、新しい俺の見世「よし」では、座敷も床も女郎も、数はみんな六だった。六人の女郎それぞれが、一ト切《いっときり》で取る客は一人だけ。一人の女郎が、自分だけの座敷と床で、一人の客を相手にした。

揚代は上げた。昼夜四ツ切《きり》の昼六百文、夜四百文から、昼夜四ツ切はそのままで、昼夜変わらず二朱とした。銭にして七百五十文。前の昼の揚代の二割五分増しだが、夜と比べると倍近く高くなった。

「これじゃあ、裾継《すそつぎ》や常磐町《ときわちょう》並みじゃねえか。本所の三ツ目、入江町で、深川と張り合おうってのかい。さすがに、そいつは無理ってもんだろう」

せせら笑う客は少なくなかった。でも、一度でも座敷に上がると、顔つきを変える客のほうが多かった。

「こいつは、たまげた。キタかと思ったぜ」

一ト切につき銀七十五匁、一両を超える揚代を取る深川仲町でも、座敷の独り占めは望めない。それができるのは高嶺の花のキタ、吉原だけだった。その吉原ならではの贅沢を、四畳間とはいえ入江町で味わえる。広くはねえが、九尺二間《くしゃくにけん》の裏店《うらだな》で暮らす奴らなら、親子で四畳半だ。

おまけに、廻しもない。皮切りから切上げまで、女郎が一度として床を空けることなく、付きっ切りだ。女郎屋で客が振られるのは廻しがあるからで、客は待つあいだずっと、カネを払ったのにやれねえ不安に付きまとわれることになるのだが、「よし」ならそんな不安から解き放たれる。

「これで二朱は安いわ」

一度、遊んだ客はたいてい裏を返した。

むろん、「割床のほうが気分が盛り上がっていい」という客も居たし、「廻しがあったって、とにかく安いほうがいい」客も居た。

けれど、そういう客は「よし」の客じゃあなかった。

いや、そもそも、「よし」は、客に顔を向けていなかった。

顔を向けていたのは、女郎にだった。

「よし」は、女郎に選ばれる女郎屋、を目指していた。

客は女郎のためになる客だけ来ればいいのであって、女郎のためにならない客は客ではなかった。

俺にとって「よし」は、なによりも、芳を待ちながら探す根城だった。

唯一の目的は、芳が「よし」の評判を聞きつけて、訪ねて来てくれることだった。

芳の耳に「よし」が入るには、女郎たちのあいだで、「よし」が評判を取らなきゃあならない。

芳はきっと己れの内に籠《こも》っている。耳を閉じている。その耳を開かせるには、あそこは仕事がしやすい、あそこへ移りたい、という噂が噂を呼んで、噂の渦にならなきゃならない。

そのために、すべてを組み直した。

銀次が言ったとおり、「待って、大恩人と出会うには、どういう女郎屋がいっとういいのか、そんだけを考えて」見世を組んだ。

割床と廻しを止めたのも、そうだ。

俺が女郎屋嫌いになる元凶だったことも、むろん、なくはない。が、俺とて、自分の好みで「よし」を組むほど頓珍漢《とんちんかん》じゃない。

止めたのは、あくまで女郎の仕事のしやすさのためだ。割床と廻しがないことが、女郎たちの噂のタネになると信じたからだ。

それに、割床止めれば、女郎一人一人に部屋を与えることができた。居場処を確保してやることができた。

女郎にならなきゃなんなかったような、きつきつの育ちだ。自分の部屋なんて、そもそも考えつきもしなかっただろう。女郎になりゃあなったで、商いが終わったあとも、廻しやった妙に湿った万年床《まんねんどこ》で雑魚寝《ざこね》する。息つく場処なんてありゃしねえ。

それが自分だけの部屋を持てて、自分だけの布団で寝て、これも六日に一っぺんと決めた、休みんときに買い求めた小間物なんぞを三つ四つもそろえりゃあ、身の置きどころがまるっきり変わってくるだろう。立てる噂も、ずいぶんと熱を帯びてくるはずだ。

揚代上げたのも、まったく同じだ。

割床も廻しも止めりゃあ、上げざるをえないだろうと周りは観たようだが、俺は上げざるをえないから上げたわけじゃねえ。

女郎の取り分を増やすために、上げるつもりで上げた。

俺んとこに入るカネよりも、女郎に入るカネのほうを厚くした。

売られて借金返さなきゃなんねえ女を除けば、女が女郎屋に身を置く理由はとにかくカネだ。稼げる女郎屋であることが、選ばれる女郎屋の一の要件になる。

俺はそこをまず固めた。芳に限っちゃあカネで引くことはできねえが、芳の耳に「よし」が入るには、稼げる見世という評判が流れなきゃあなんなかった。

たっぷり稼いでもらうのには、別の理由もある。

「よし」が女郎たちの評判を取っても、空きがなけりゃあ、遠からず噂は下火になる。いくら、稼げる見世だろうと、仕事しやすく、居心地のいい見世だろうと、自分が移れないなら、見える景色から外れて、噂は立ち消える。

もしも、あそこはいいけど空きがない、って噂が広まったら、もっとまずい。芳は身を潜めている。動きを控える。ちっとでも、よくない噂が立てば訪ねて来なくなる。「よし」

には常に、空きがなければならない。

だから、「よし」で働くのは、長くて半年までとした。その代わりに、短い期間でしっかり稼いでもらわなければならない。そのために一ト切を二朱にしたのだ。

二朱でも、女郎の取り分は、倍の揚代一分の見世よりも遥《はる》かに多い。半年勤めりゃあ相当のもんが残るはずだし、半年を待たずに入江町を出ていくことも期待している。どうしてもカネが入り用になったときにさっと来て、目当てを達したらさっと抜ける……女郎にしたって、そういう女郎屋が要るだろう。入れ替わり立ち替わり「よし」にやって来る女たちのなかに、芳の姿があることが俺の描いた絵図だ。

以前の見世に居た八人は、普請で閉めているあいだ抱えていることはできないので、おのずと見世を去ることになった。残った手持ちは普請代がぎりぎりだったから、そうせざるをえなかったのだが、新しい見世は新しい女たちと始めることを望んだところはある。まったく新しい見世ということで、果たして女が集まるか、不安はあったが、銀次がいろいろと話を広めてくれて、地者っぽい、「よし」によく映る女がやって来てくれた。「礼をしてえが、すっからかんだ」と銀次に言ったら、「出世払いさ」と笑った。おんぶに抱っこだが、俺には抗《あらが》う術《すべ》がなかったし、抗う気も起きなかった。つるんと受け入れちまうてめえが不思議だった。

遣り手はとりあえず置かなかった。女郎の躾《しつけ》と差配を担う遣り手は、女郎屋でいっとう大事な役割とも言えたが、だからこそ、置かずに様子を観ることにした。いっとう大事な役割を玄人に任せたら、「よし」も玄人の色に染まってしまいそうな気がした。最初は遣り手なしで、自分でやってみて、「よし」にはどういう躾と差配がふさわしいのかを身をもって学ぶ。その上で、頼む頼まないを含めて決めることにした。

「よし」はそのように出発した。

ふた月を待たずに、「よし」は常に客で埋まるようになった。

当然、真似しようとする見世も現れたが、俺はぜんぜん心配してなかった。

真似できるわけがないからだ。

だって、俺は「よし」で儲けようとしていない。

「よし」以外のすべての見世は儲けようとしている。

儲けようとしている見世に、儲けようとしていない見世の真似なんてできるわけがない。

「よし」は芳を待ちながら探す根城だ。

芳と出会えるまで、見世と俺が消えてなくなっちゃあ困るから、消えないための費用は確保する。

でも、その費用を除いた売上のあらかたは、女郎たちの、あそこへ移りたいという評判を取るために使う。

だから、割床と廻しを止めることができるし、半年を待たずに相応のカネが貯まる給金も支払える。

案の定、真似しようとした見世は、損得勘定を始めると直ぐに放り出した。儲けたい者にとっちゃあ、「よし」はまるで食指《しょくし》の動かない見世だった。

だから、よく客が付いているからといって、妬《ねた》まれることもなかった。

妬むのは、儲けているからだし、客を取られるからだ。でも、「よし」は儲けていないし、集める客もタカが知れている。

廻しやんないから、一人の女郎が一ト切で相手する客は一人だけ。昼夜四ツ切ぜんぶ客が付いたって八人。女郎六人で四十八人だ。そんなのぜんぜん妬むような数じゃない。むしろ、同情されたっていい数だ。

揚代が高いったって、一両はおろか一分でさえない。銭なら七百五十文の二朱だ。客の数と掛け算したって、妬み嫉《そね》み滾《たぎ》らせるほどのもんじゃねえ。

で、俺は「よし」に目処《めど》がつくと、直ぐに次に掛かることにした。見世を増やすことにしたのだ。

俺としては女郎たちに、期限の半年を待たずに「よし」を離れてほしい。けれど、稼ぎやすく、働きやすく、暮らしやすい仕事場をそう簡単に明け渡すとは思えない。

となると、六人とも半年は居つづけで空きがなく、芳のほうから訪ねてくることを期待しにくくなる。

それじゃあ、なんのために「よし」をつくったのかわからない。

俺が目を付けたのは、三十三本目の路地の、相変わらずどんよりしている残り六軒の見世だった。

この六軒を買って、「よし」の別館に仕立て、ひと月ごとに開けていく。

すると、半年のあいだは毎月、女郎を募《つの》ることになる。

最後の六軒目の募集が終わる頃には、最初の「よし」で働いていた女たちの勤めの期限がやってくる。

で、二回目の募集をかけると、その翌月からは、六軒のうちでは最初の見世の二回目の募集がつづいて、そのまた翌月には二番目の見世の募集があって……つまり、年中切れ目なく女郎を集めていることになる。

ほんとうの意味で、「よし」は芳を待ちながら探す根城になる。

おそらく、借金もしないで済む。

三十三本目の路地が、いまも、みんなから見放される破れた路地であることに変わりはない。

「よし」のことは話題に上り始めているが、まだちらほらだ。真似をしようとした者たちを除けば、見世の中身なんぞなんにも知らなくて、毛色が変わったのが出てきたと思ってるくらいだろう。

だから、相場は「よし」を買ったときのまんまで、六軒買うとはいってもたいした値じゃあない。一度にまとめては無理だが、一軒ずつなら月々の身入りでどうにかなる。使う狙いの大きさからすりゃあ、ほんとうにちっぽけな負担だ。

借金すると、返すことが先に立つ。とにかく返すもの返さなきゃ話にならねえじゃねえかってことになって、割床やって廻しやって、給金を減らすことになりかねねえ。「よし」が芳を待ちながら探す根城じゃなくなっちまう。やるなら、値が下直《げじき》のいまのうちだ。

タダ仕事を承知で、銀次に策を話し、六軒の仲介を頼むと、「そいつはいいな」と目を輝かせた。

「そんなとびっきりの策は容易にゃあ出てこねえぞ。いや、すげえもんだ」

そして、つづけた。

「俺もたんまり儲けさせてもらうぜ」

おいおい。

銀次に頼み終えると、ようやく根城が根城になりつつある気になれて、ちっとは余裕のようなものも湧き、久々に老公の屋敷の下女をしている信《のぶ》を訪ねてみようと思い立った。

芳が里に戻っているかどうかをたしかめるときはえらく世話になったくせに、あれっきり無沙汰《ぶさた》したっ切りで、礼も言っていなかった。あんときは四月の初めで、いまは六月の半ば過ぎだから、芳が居たも居ねえも報告しねえまま、ふた月半が経《た》っちまってる。いまさら顔を出せる義理じゃあねえが、たとえ時期は逸していても、音沙汰なしよりはマシだろうと思った。

行くとは決めたものの、はたと弱ったのが礼をなんにするかだった。カネを受け取んねえのはわかってるから、物ってことになるが、女に物なんて贈ったことがねえから、なにがいいかなんて皆目見当がつかない。いくら考えても案は出てこねえので、下谷じゃあ名の知れた小間物屋に寄って見繕ってもらうことにした。

「それでしたら、上等の懐紙と懐紙入れなどはいかがでございましょうか」

知り合いの、特に懇意《こんい》ってわけじゃねえ女への礼にすると説くと、店の者は言った。

「懐紙なら、なんにでもなります。手拭《てぬぐ》いにもなれば、化粧直しにも使えます。包みに使えば、大切な物をしっかり守りますし、手紙だって書けます。和歌の嗜《たしな》みがある方でしたら歌も残せます。使う方しだいでどうとでも変わるので、もらって使い途《みち》に困りません。おまけに、とびっきりの品物でも、そこは紙ですので高直《こうじき》にも限りがあって、贈られる方の気持ちの負担にもなりません」

じゃあ、それを、と言いかけたが、女に囲まれて暮らし出したせいだろうか、なにか、それではつまらない気がした。誰からもしっかり者と見られている信に、誰にあげても文句の出ない物を贈る……つまらない。信はただのしっかり者じゃあない。人が見える。気が細かく動く。人の気持ちの襞《ひだ》に目が行く。それに、まだ中年増といっても二十六だ。無難な物を贈られる齢《とし》じゃない。もっと女らしい、華やいだ物を贈りたい。

「櫛《くし》となりますと、やはり、とりわけ親密な方への贈り物ということになりますので、そうなりますと、簪《かんざし》、はこせこ、紅板《べにいた》あたりになりますでしょうか」

華やいだ物を贈りたいと言いながら、簪を選ぶのは気恥ずかしい。じゃ、そのはこせこと紅板というのを見せてくれ、と頼んで、いくつか並べてもらった。直ぐに目に飛び込んできたのが、見事な緋色《ひいろ》の地に秋草の白い文様が浮き出た紅板だ。唇に塗る笹紅《ささべに》を、二枚の板で折りたたんで持ち歩く。

「こちらはいいもんでございますよ」

店の者は得意げに言った。

「極く上等の象牙板《ぞうげ》を、臙脂虫《えんじむし》という虫の液で緋色に染めたものです。秋草文様の白は、抜けた象牙の色でございますな。臙脂虫は南蛮の虫でして、なかなか入手がむずかしく、また、染めにしても煩雑なので、そうそう出てくるものではございません。さすが、お目が高い」

包んでもらってから、この前と同じように下谷広小路で通りかかる女を物色する。頃合いと観た一人に声を掛け、一朱を渡して、根岸の屋敷へ連れ立って足を向けた。女には例によって色恋沙汰を匂わせ、信に付け文を届けて、返事をもらってくるよう頼む。この前は立ち話だったが、今回は少しはゆっくり話したい。で、屋敷でいっとう手が空《す》く午八つを選んで、四季折々の花見で知られる青雲院《せいうんいん》の茶店で会いたいがどうか、という文面をしたためた。青雲院なら、屋敷からも遠くない。

急なつなぎなので、出直すことも覚悟していたが、信の返事は〝承知〟だった。寺の茶店の床几に腰を預け、茶を飲んでいると、単衣《ひとえ》を着けた信がぽこぽことやって来る。この前はまだ袷《あわせ》だった。だんだん大きくなる信の姿に目を遣っていると、なぜか「家族」という言葉が浮かんだ。妹でも、娘でも、女房でもなく、「家族」。ただ「家族」。あんな屋敷でも、こんな気持ちになる繋《つな》がりが生まれるんだなあと不思議な想いにとらわれている俺に、「紫陽花《あじさい》、きれいだね」と脇に立った信は言った。

「ああ、きれいだ」

盛りは過ぎたんだろうが、まだ十分に色鮮やかだ。

「こんなきれいな紫陽花は見たことねえ」

六月の紫陽花は六月の紫陽花で、それはきれいだった。

「芳は居た？」

信も床几に並んで座る。

「居なかった。直ぐに知らせなくて済まねえ。ええ世話んなったのに、やたら不義理しちまった」

「なんにもしてないよ。それより心配だね」

「ああ、心配だ」

「どこに居るんだろ。いまも探してるの？」

「探してる。茶を頼もうか」

俺は茶屋の女に椀を掲《かか》げた。

「いまは、どこに？」

「俺か」

「うん」

「入江町だ」

「本所の？」

「知ってるのかい」

信が入江町を知ってるのが意外だった。

「知ってる」

たぶん、本所は本所でも、横川の東の、どっかの江戸屋敷に奉公してたんだろう。津軽《つがる》様なら、入江町はほとんど横川挟んだ向かいだ。まだ若い信の目に、横川の向こうの入江町はどう見えてたんだろう。

「回向院《えこういん》のずっと奥でしょ」

信の茶が運ばれる。信に「よし」のことを言うつもりはなかったが、入江町を知っていると聞いて、話しておこうかと思った。察しがよすぎる信のことだ。入江町と聞いて、武家奉公をしているとは想うめえ。「よし」を始めてから、俺は揚代二朱取る見世の柄に合わせて、着る物にも気をつけるようになっている。六月のいまは夏紬《なつつむぎ》だ。下男が着るもんじゃねえ。

「あんたには言いにくいんだが……」

俺は叱られるのを待つ子供のように言った。

「実あ、女郎屋を始めたんだ」

「女郎屋……」

「ああ、事情があってね」

女郎屋は白状しても、なんで女郎屋を始めたのかは白状できない。少なくとも、いまはまだ。

「そう……」

信は茶を含む。信に黙られると、見透かされているような気になって、見世の名を尋ねられたらどうしよう、なんて気になり始める。答えりゃあ、信なら直ぐに芳を探すために女郎屋始めたって見破るだろう。

「始めたばっかだが、なんとかなりそうだ」

繕うように、俺は言う。

「そうなんだ。よかったね」

「あんたはどうしてる？」

「どうしてるって、あのまんま。用人が手嶋《てじま》じゃなくなって、少し楽にはなったけど」

この前、信のことをなあんにも見ちゃいなかった、と気づかされたのを思い起こしながら、俺は言った。

「俺じゃあ頼りになんねえだろうが、なんか俺にも手伝えるようなことが起きたら言ってくれ」

「ありがとう。やさしいね」

「よしてくれ。やさしい奴がこんな不義理はしねえや」

微笑《ほほえ》む信は、青紫の紫陽花色がよく映る。

「それから、これはお礼の品というか……」

俺は照れ隠しみてえに、脇に置いてた紅板の包みを差し出した。

「調子《ちょうし》っ外《ぱず》れなもんかもしれねえが、受け取ってくれ」

「ええ！　なか開けて、見てもいい？」

「むろん、構わねえさ」

信はいそいそと包みを開いた。

緋色の紅板が六月の陽《ひ》を浴びたとたん、笑みが消えて信の目尻に涙が溜まる。

「うれしい」

そして言った。

「こんなに、きれいで、かわいいの……うれしい」

溜まった涙がつーと〝しっかり者〟の頬を伝った。


その月の末は、夏風邪をひいたわけでもないのに、熱っぽい日がつづいた。

「よし」を開けてから、ふた月近く、まったくのど素人が一人で仕切ってきた。人を頼んだのは、飯炊きの婆さんと下働きの娘、それに下足番《げそくばん》の爺さんだけだ。わずか六人で廻しもやらないから、ほんとうは下足番を置くまでもないのだけれど、揚代二朱を取る女郎屋で楼主みずから履物を整えてたら客も興醒めだろうと、爺さんだけは頼んだのだった。

それでも、なんとかこなせたのは、「よし」を贔屓《ひいき》にするような客の多くは、きれいに遊ぼうとする質《たち》だからで、ま、まだふた月ということもあるけれど、路地番に頼るような揉め事は二度しかなかった。それも、「よし」の見世開けに合わせて、銀次が特に目をかけている路地番を付けてくれたので、なにごともなかったかのように鮮やかに収めてくれた。

女についても、大きな厄介はなかった。いや、小さな厄介もなかった。それぞれに自分の座敷を与えたことが、女どうしの厄介を避ける上でも効いたのだろう。狭い座敷にまとめて押し込みゃあ、起きなくていい厄介も起きる。客を送り出しさえすれば、いつでも一人でひと息つける場があることは、要らぬ厄介の種子を消した。とりあえず女で、「よし」に波風は立っていない。でも、だからといって、女について、なんの不安もないわけじゃあない。

「よし」に集まってくれた六人に、初めて女郎になる女は居なかった。つまりは、すでに仕込まれた女たちで、俺は自分では仕込む労苦を負わずに、それぞれが経験してきたものを頼りに女郎商いをしているのだった。言ってみれば、見世として、仕込みについちゃあなんの務めも引き受けていないことになる。まだ、ふた月なので、客から表立った不平は出ていないが、半年、一年と経てば、どうなるかわからない。

それに、初めて女郎になる女をどう扱うのか、俺にはまだきっちりした絵が描けていない。ふつうなら、遣り手が床技《とこわざ》を含めて躾《しつ》けるのだが、そこを玄人に任せてしまったら見世も玄人の色に染められてしまうからと、ひとまず遣り手なしで行くことにした。商うなかで、「よし」ならではの仕込みを見定めて行こうとしているのだが、言うは易《やす》くだ。俺としては、「地極」の楽しみを女郎屋で味わえるようにと想っているのだが、そううまく行くかどうか……。「よし」には俺の想いだけがあって、心棒がない。うまく行ってるときはなんとかなっても、いったん厄介が起きればずるずると綻《ほころ》びが広がってくだろう。

それよりなにより、もともと「地者好きのぼろっ買い」の俺には、〝女を商う〟こと自体への戸惑いがある。なるほど、割床も止め、廻しも止めた。相手にする男は、他の女郎屋からすれば遥かに少ない。それでも、昼夜四ツ切すべて埋まれば、一日八人の男と床へ入る。これが、どういうことなのか……。とにかく芳を探し出してえ一心で、もう、闇雲《やみくも》に突き進んで来たが、一つ屋根の下で寝起きし、同じ釜の飯を食やあ、つい、女郎屋始めちまった野郎が考えることじゃねえことまで考えちまう。そして、いつか、俺のこの「ただの牡《おす》」になれねえ、素人の芯みてえなもんが、「よし」にわるさをするんじゃねえかという想いが、いつもつきまとう。

あるいは、そんなこんなが溜まって、熱なんぞ出しちまったのかもしれねえが、月が替わった七月の初め、六軒の最初の普請が終わって募集をかけると、だいぶ元気が盛り返した。

なにしろ、このためにやっている。やって来てくれる女たちのなかに、芳の姿を見るためにやっている。

「よし」の帳場は玄関の真ん前にある。季節の上では秋でもまだまだ暑いから、引き戸は開け放しにしており、暖簾《のれん》の下に女の着物の裾《すそ》が見えるたびに、胸がわななく。幾度、外れても、わななかなくなることはない。

女を待って帳場に座っていると、他のことはぜんぶ頭から抜け落ちる。嗤《わら》うとか嗤われるとか、定まるとか定まらぬとか、江戸染まぬとか染まるとか、そんなこんなが、ふっと消えて、帳場に座る俺と、暖簾の向こうに立つ芳だけが残る。だから、わななく。

その日も、四つ半までの一刻で四度わなないた。見世を開けるのは午九つなので、ふつうは午前《ひるまえ》は戸を開けていないのだが、募集をかけるときに限っては、五つ半から暖簾を垂《た》らしている。

時の鐘が四つ半を告げ終えたとき、また裾が見えて、五度目のわななきを覚えながら、暖簾が開くのを待った。

そして、待ち終えた俺は叫んでいた。

「どうした！」

そこには知った顔があった。

あったが、芳ではなかった。

「来ちゃった」

紅を付けた信が、頼りなげに立っていた。紅は想ったよりも映っている。

「この前、青雲院で言ってくれたこと覚えてる？」

いろいろ言ったが、この流れならば、あれだろう。俺にも手伝えるようなことが起きたら言ってくれ、と告げたのを言ってるんだろう。むろん、はっきりと覚えている。信に、忘れちまうようなことは言わない。

「もちろんさ」

俺は急いで帳場を立って、信を帳場の背後の六畳間に導き、座らせてから玄関へ戻って暖簾を仕舞い、引き戸を閉めた。まだ、見世を開ける午九つまで一刻ある。ちゃんと話を聴ける。

「よく、ここがわかったな」

見世の名前は言わなかった。むろん、場処も教えていない。入江町の女郎屋と告げただけだ。

「『よし』というお見世って聞いたら、直ぐにじゃあないけど、でも、そんなに手間取らないで教えてもらえた」

「この前、名前、言ったか」

ひょっとすると、言わなかったと思っているだけで、言っちまったのかもしれない。

「ううん。でも、あなたが入江町でお見世開くんなら、お見世の名は『よし』だって思った。芳の、よしだって」

「なんで?」

「お見世開いて、里に戻らなかった芳を待つんでしょ。だったら、名前は『よし』しかない。名前で呼び掛けてるんでしょ」

この前、青雲院で、俺が「実あ、女郎屋を始めたんだ」と言ったとき、信は「女郎屋……」と受けた。

「ああ、事情があってね」とつづけると、「そう……」と言って、茶を含んだ切り、押し黙った。

あのとき、信は、女郎屋開いたのは芳を待つためだと察したんだろう。見世の名を『よし』と見当つけたのが、あんときだったのかどうかはわからねえが、いずれにしてもすげえもんだ。きっと信にかかりゃあ、俺なんざすっかすかなんだろう。

「で、なんでえ」

俺は感嘆しながら、問いかける。

「俺が手伝えるようなことってのは」

そんなすげえ女が窮鳥《きゅうちょう》になって、こんな処にまで飛び込んで来たんだ。どんな手伝いだってしようと思った。

「七両、どうしても入り用なの」

薄々、カネだろうとは想っていた。というか、カネの頼みしか想いつかなかった。俺が信にできることっていったら、それしかない。正直、いまの自分が幾らまでなら出せるのだろうと、頭んなかで弾《はじ》いてさえいたのだ。とにかく、出せるぎりぎりまで出してえと思っていた。いや、嫌いな借金をしたっていいじゃねえかとさえ想っていた。それが七両なら、どうってことない。思わず、拍子抜けした。

「お安い御用だ。ちっと待ちねえ」

言うが早いか、俺はカネを取り出すために席を立とうとした。

「そうじゃなくて！」

けれど、信の芯の通った声が制した。腰を戻して顔を向けた俺に、信はつづけた。

「あたしを買って」

俺は耳を疑った。聴きまちがえたのだと思った。

「わりいが、聴き……」

わりいが、聴き取れなかった、と言おうとした俺の文句を、信の言葉が遮った。

「あたしじゃダメ？」

聴きまちがいじゃあねえのか……。

「あたしじゃ田舎臭い？　器量が駄目？　二十六じゃ齢取りすぎてる？」

俺が唇を閉じていたからだろう。信は矢継早《やつぎばや》に言った。そういう問題じゃないってことを、どう言葉にすりゃあいいいんだろう。口ごもる俺に、信が言った。

「でも、あたしうまいよ」

俺は啞然《あぜん》とした。信の唇から出るはずのない言葉だった。

「あたし、入江町は初めてじゃないの」

どういうことだ。

「女郎屋入るのも、初めてじゃない」

青雲院での信とのやりとりがまた蘇《よみがえ》る。

「いまは、どこに？」

「俺か」

「うん」

「入江町だ」

「本所の？」

「知ってるのかい」

「知ってる」

「回向院のずっと奥でしょ」

信は、横川の向こうでしょ、とは言わなかった。信は大名屋敷のある横川の東から入江町を見ていたのじゃあなかった。

「十六んときに売られて十八まで三年。床技みっちり仕込まれた。若いときに覚えたから、いまだって忘れちゃいない。床技なら若いコにだって負けない」

「そうか」

「言っちゃならねえ」と言おうとして、踏みとどまった。言やあ、信の若い三年を消し去ることになる。

「里の借財だね」

決まり切ってるが、訊いた。訊いて、ちっと時を稼ぎたかった。信は俯《うつむ》いて答えた。

「返済しないと、帳外《ちょうはず》れになりそうだって」

村の帳外れは、もろもろきつい。

「理由訊いても、理由はないの。ただ、田んぼやって、乾いた畑で自分たちで食べる分の野菜つくってただけ。木綿畑に手を広げようとしたわけでも、商いやってみようとしたわけでもない」

外れると無宿者になって夜逃げするか、村抱《むらかか》えになって施《ほどこ》しで食いつなぐ。ただし、乞《こ》食《じき》扱いだ。

「理由なくて、そんなことになるのが悔しい。理由があるなら、その理由をなんとかすればいいけど、理由がないんじゃどうにもしようがない」

俺は黙って席を立ち、カネを収めてる処から十両を取り出した。取り出して懐紙に包みながら、腹が立った。こんくらいのカネで、信が躰売ろうとする羽目に追い込まれたことに、無性に腹が立った。

「持っていきねえ」

包みを信の前に置いて言った。

「返すのはいつでもいい」

腹立ちが声に出ねえように気をつけながらつづけた。

「それと、女郎の話は聞かなかったことにする」

「それは駄目」

顔を伏せたまま、信は言った。

「いつまで経っても返せないし、たぶん、これで終わる話じゃない。そのたびにお足を借りるわけにはいかない」

理由のねえ食い詰め。俺の里もそうだった。俺は親がわるいって想ってた。食い詰めねえ家だってあんのに、食い詰めるのは親がわるいんだと。能がねえんだと。ほんとに親がわるかったのかどうか、判断がつく齢になる前に里を出ちまった。

「それに……」

ひとつ息を吐いてから信はつづけた。

「帰る処もない」

「屋敷、辞めたのか」

信は黙ってこっくりした。

「そうか」

訳は尋ねなかった。〝しっかり者〟の信が後先《あとさき》見ずに辞めたんだ。答えらんねえようなことがあったはずだ。

「じゃあ、とにかく、ここで仕事してもらうから、このカネ持って借財返しに行ってこい」

「いいの？」

「ああ」

「働かせてくれるの？」

俺は黙って頷《うなず》いて、「荷物は？」って訊いた。

「預かってもらってる」

じゃあ、と信を追い立て、玄関へ出て戸を開ける。

小さくなる信の背に目を遣りながら、このまま戻らなきゃいいが、戻っちまうんだろなと想った。

むろん、信が戻ったからって、女郎やらせるつもりは毛頭なかった。

「ここで仕事してもらう」とは言ったが、女郎やってもらうとはひとことも口にしていない。

とにかく、こっちは、差し出したカネを手に取って、返済に行ってもらわなきゃあなんなかった。

信の里は相模《さがみ》の高座郡《たかくらごおり》だから、カネを持って行って、戻るとしたら、どんなに急いだって、あさっての夕だろう。とりあえず、今日の残りと明日の丸一日、それにあさっての午前は思案するのに使える。

背中を返し、暖簾をかけながら、まだ、考える時はあるさ、と思おうとしたが、うまくいったとは言えなかった。

いくら時があったって、出ないものは出ない。いま抱えている問題が、その出ないものなのは、否《いな》みようがなかった。

〝あのカネはくれてやったんだ。あんたはどこ行ってもいいんだよ〟って言ったたって、あの信のことだ、〝はい、そうですか〟になるはずもねえ。下手したら、余所《よそ》の女郎屋行って躰売って、カネ返そうとすんだろう。それに、信の話じゃあ、ここを切り抜けりゃあ事が収まるような事情じゃあねえらしい。今回だけじゃなく、これからもカネが要る。くれてやったで済む話じゃあねえんだ。

となると、下働きも駄目だ。下働きなら、見世がひとつ増えるから直ぐにでも要る。でも、下働きじゃあ、里が言ってくるようなカネはこしらえらんねえ。借りたカネだって返せねえ、とか言い出しもするだろう。それじゃあ、もらったのとおんなじだってね。こいつもまた、余所行って躰売らせることになるかもしんねえ。

ひとつだけ、これならという策はある。あるが、こいつは浮かんできてほしくない策だった。あまりに、俺にとって虫がいいからだ。信の弱みにつけこんで、俺がいっとう難儀している厄介をどうにかすることになる。

いまの俺の頭の上を覆っている雲は、なんといっても女だ。「よし」の女を、どう「よし」の女らしく仕込むかだ。いままでの玄人の色に染めたくねえから、あえて遣り手を頼まなかった。そこはてめえの躰で苦労してみて組み上げていこうとしてはいるのだが、自信があるとは言えねえ。もともと、俺に女が扱えるとは思っちゃいなかった。芳を探し出したい一心でここまで来ちまった。俺が手を出しちゃあなんねえ件だった、ってえ想いはいつもどっかにある。

そこに、信だ。まさに、そいつが考えちゃあならねえと戒めていたとこなんだが、どっからどう見ても、信ならその役にうってつけなわけだ。いや、きっと、信にしかできねえ。〝しっかり者〟で、筋は曲げねえが、気持ちは細やかで柔らかく、人の胸底の襞まで見通す。一を聞いて十どころか、五十でも百でも知っちまう。おまけに、武家奉公もわかっているし、いましがた、この町の暮らしもわかってるのが耳に入っちまった。信なら女たちを「よし」の女らしく仕込んでくれるだろう。楼主としての俺には、もう願ったりどころじゃねえわけだ。すっかり頼り切って、安心決め込むことができるにちげえねえ。信なら「よし」の、心棒になれる。

けど、俺は信に「家族」を感じている。信の「家族」としての俺はちがう。信には、カネもらうわけにはいかねえ、なんて筋通さねえで、とっととこの町から消えてほしい。またカネが入り用になったら、そのたびに来りゃあいい。筋なんぞ通すほどのことじゃねえ。筋より大事なもんがある。渡したら、ありがとねえ、とか言って、笑顔で手振って、ちゃっかり帰っていきゃあいいんだ。俺の裡《うち》の秤《はかり》に、楼主と家族をかけりゃあ、あっさり家族が勝つ。信には信にふさわしい処で生きてってほしい。だから、女郎の束ね役、言ってみれば花車《かしゃ》としての信は浮かんでほしくなかったのだが、浮かんじまった。

しかも、浮かんじゃいけない頃合いに浮かんじまった。信が戻って来て、どうしたって女郎やるって言い張ったとする。と言うより、まちがいなく言い張る。止めさせるには、この策を出すしかねえ。楼主としての俺がなによりも望んでいる策だ。こいつなら張り合える。と言うより、こいつしか張り合えねえ。となると、俺は二重に虫がいい。頼んで、信が花車になりゃあ、ただ虫がいいだけだが、信に女郎をやらせねえためって名目がついての花車なら、てめえの手は汚さずに美味《おい》しい目だけを見ることになる。

ま、とにかく、今日と明日とあさって、時を使える。また気休めを唱えた俺は、暖簾の前に立って、応募の女は来てねえかと路地の入り口に目を遣った。

と、相模に行ったはずの信が、青雲院のときみてえに、ぽこぽことやって来る。

カネ落としちまったか、それとも具合でもわるくなったか……。

「どうしたい？」

カネならいいが、と思いつつ俺は問うた。

「為替《かわせ》で出してきた」

「ああ……？」

「広小路の飛脚問屋で」

飛脚問屋使やあ、為替でカネが送れることは知ってはいたが、こっちは一度も送ったことがねえから、頭でわかっていただけだった。言われなけりゃ、直ぐに忘れる。きっと、信はずっと里に仕送りしてきたんだろう。

「じゃ、もう、戻ったってことか」

狼狽《うろた》えてるのを隠して、俺は言った。まだ、構えがなっちゃいない。

「そう、どこで支度したらいい？」

「支度って、女郎の支度か」

俺はわかっていることを訊き、信は黙ってこっくりする。

「そりゃ、なんねえよ。あんたに女郎はやらせねえ」

こうなったら、想いのままを口にするしかない。

「それじゃあ困る」

「困るのはこっちさ。あんたには他にやってもらいてえことがある」

そうだ。女郎をやらせねえためじゃなくって、やってほしいことがある。

「どんな？」

「まあ、入ろう」

俺はまた暖簾を畳み、戸を閉めた。

「話を聞く前に、これ」

六畳に戻ると、信は直ぐに袂《たもと》から紙包みを取り出し、俺の前に置いた。

「三両多かった」

ふうと息をしてから、俺は切り出した。

「あんたには、ここの女たちを、ここの女らしく仕込んでほしいんだ」

「ここの女らしく、って？」

「そいつが俺にはわかんねえのさ」

俺はこれまで「よし」について考えてきたことを縷々《るる》信に説いた。

俺にとって「よし」は、なによりも、芳を待ちながら探す根城であること。

待って、芳と出会うには、どういう女郎屋がいっとういいのか、そんだけを考えて見世を組んだこと。

だから、「よし」は客に顔を向けずに、女郎に顔を向けていること。

女郎に選ばれる女郎屋、を目指していること。

だから、割床も廻しも止めたこと。

見世に入るカネよりも、女郎に入るカネのほうを厚くして、短い期間でもしっかり稼げるようにしていること。

そうして、あそこは仕事がしやすい、あそこへ移りたい、という噂が噂を呼んで、噂の渦になって、芳の耳に「よし」が入るようにしていること。

そういう見世だから、玄人の色に染まらねえように遣り手を入れていないこと。

自分一人で遣り繰りしてきたこと。

そうして、じたばたしながら、「よし」の女らしさを探ってきたこと。

でも、俺には女たちをどう仕込めば「よし」らしいのか、わからないこと。

だから、信が仕込んで束ねる役割を引き受けてくれたら、もう、有り難《がて》えなんて言葉じゃ言い尽くせないほど助かること。

それは、むろん、信が女郎になるよりも遥かに俺の助けになること。

俺はくどくど語りつづけた。

信は畳に目を落としてじっと俺の話を聴いていて、語り終えたのを慎重にたしかめると、

「それなら……」と切り出した。

俺はつづく言葉に、胸を弾ませた。

「……あなたはやっぱり、あたしを女郎にしなければならない」

数を三つ数えてから、尋ねた。

「なぜだい」

「相模への旅から、もう三月半が経っている」

畳に目を預けたまま、信は言った。

「もしも、芳がここへ訪ねて来るとしたら、もう、岡場処を躰で知ってしまっている」

言葉に出したくはないが、それはそうだ。だからこそ、こうして待っている。僥倖《ぎょうこう》を得られなかった芳を待っている。

「もしも、ここの戸を開けて、女郎たちを指図しているあたしを目にしたら、どう？」

そいつは考えなかった。

「自分は女郎で、そして、あたしは女郎じゃなく、女郎を差配している。そんなあたしと出くわして、わあ、懐かしいって、駆け寄ってくると想う？」

さすが、信、と言うべきなのだろう。

「あたしは、黙って背中を返してしまうと想う」

俺は聴くしかない。

「ここは、あなたが芳を待ちながら探す大事な根城」

商いに入る前の二階の四畳間から笑い声が届く。

「芳を迎えるには、あたしも芳と同じ女郎じゃなきゃなんない」

畳から目を上げ、俺の目を見据えて、信は言った。

「だから、あなたはあたしを女郎にしなければいけないの」

「いや」

俺は即座に返した。

「そりゃちがう」

間《ま》を入れてはならなかった。

「なんで？」

「なんでって、俺があんたにやってほしいのは仕込みと差配だからさ」

信を女郎にしねえためではなく、俺は答えた。俺は心底、信と一緒に「よし」をやっていきたいと思っていた。たとえ、入江町に引っ張り込んでも。

「せっかく訪ねてきた芳がそのまま帰っちゃうよ」

「そんなことはねえさ」

気休めじゃあなく、言った。

「どうして、そんなことが言えるの」

「あんたは、そこまで芳に想いが及ぶ。気い配んのが深《ふけ》え。ふつうの人間は、いまあんたが言ったことなんて一寸も考えねえさ」

その深さに、俺は聴きながら嘆じてた。いつもながら、ほんとにすげえと想ってた。

「そこまで自分を想ってくれる人間に、黙って背中を返せる奴なんて居ねえ」

そういう想いは絶対に伝わる。

「気持ちが背中返そうとしたって、躰が言うこと聞かねえや」

信なら、そうなる。

「安心しねい。芳はあんたの懐に飛び込んでくるさ」

「そんなに堪えらんないよ」

「なにが？」

「甘やかしてると、堪えらんなくなる」

「だから、なにを？」

「やらせてください、って言っちゃうよ」

「言やあいいさ。俺だって、そういうあんたと、ここをやっていきたい。けど、あんたに言っとくことがある」

「なに？」

「俺が貸したカネだが、ここの女たちなら、早けりゃ半月で返済する額だ。あんたはその差配だから、半月足らずで返し終えることになる。半月経ったら、あんたを縛るものはなんにもねえってことだ。あんたはどこだって行ける。そいつはよっく覚えといてくれ」

　翌日にはもう、信と女たちは旧知の間柄のように打ち解けていた。俺はあらためて、女には女にしか話せねえことが、たんとあるのを思い知らなければならなかった。齢の近さも垣根を低くしているようだ。それでいて、てんでだった女たちに一本の軸が通るようになり、一人一人もしゃんとして見える。信は早くも心棒になっている。俺はちっとだけではなく、半月経って信が居なくなったらどうすんだろうと思っていた。

◆◆◆

　それから、八月、九月、十月、十一月、十二月と、月を空けずに「よし」別館は開いていった。

　帳場は、最初の「よし」の一つだけだった。客は最初の「よし」で受け付けて、それぞれの館に割り振る。別館というよりも、七館そろって「よし」であり、三十三本目の路地一本で「よし」なのだった。

募集がひと巡りすると、予定どおり二巡目の募集が始まった。その頃になると、「よし」が切れ目なく募集をかけているのはかなり知れ渡るようになって、想いどおりに、と言っていいだろう、俺はもっぱらそっちの対応に当たらなければならなくなった。むろん、それができるのは信が居てくれればこそだった。少なくとも、客や女たちの目を通せば、「よし」は俺の「よし」ではなく、信の「よし」だった。信の姿があるから、「よし」は回っていた。いつの頃からか、「よし」で働く者は言われなくとも信の指示を待つようになった。

「よし」もだいぶ大きくなって、七館合わせると、女だけでも四十人から居る。他に、飯炊きが三人に下足番が六人、下働きも六人。「よし」の丸抱えになった三人の路地番を入れると、ぜんぶで六十人になる。信がこの大所帯をどう仕込み、どう差配して、三十三本目の路地を「よし」の路地にしているのかは、俺にはわからない。女たちをどう「よし」の女にしたのか、そのひとつをとってもわからない。同じ空を飛ぶからといって、虫には鳥のことがわからないのと似たようなことなんじゃあねえだろうか。

信を「よし」に引っ張り込んだ当座は、例によって、てめえの素人の芯が疼《うず》いた。早く岡場処から追い出さなきゃなんねえと思った。でも、正直、言って、老公の屋敷で下女奉公やってた信と、「よし」で花車、というより女将《おかみ》をやってるいまの信を、人を惹きつける力の秤にかけりゃあ、こいつはもう、比べものになんねえ。そんなのは身勝手な傍目《はため》で、どっちがいいかを決めるのは信しか居ねえわけだが、信の様子が磨かれるほどに、負い目が薄まっていっちまうのは、ま、しかたねえんじゃねえか、と言わせてもらうしかねえ。そんくらい「よし」での信の女《おんな》っ振《ぶ》りは際立っていて、いまや入江町じゃあ、男の銀次か、女の信か、って噂されるくれえだ。

そうなりゃ当然、俺の姿は霞むばっかで、髪結いの亭主並みに軽んじられてもおかしかねえわけだが、実際は逆だ。信が女を上げるほどに、俺も男を上げている。入江町で揚代二朱を通しちまった「よし」は、信の「よし」ではなく、あくまで俺の「よし」だと思われている。

理由はすっきりしていて、信がそう信じ切ってるからだ。自分を戒めるために、呪文にしているんじゃあない。俺が信に仕込みと差配を頼むときにくどくど並べた文句を、信らしく、信じて疑わない。〝「よし」は、なによりも、芳を待ちながら探す根城である〟から始まる長い口説を、金科玉条《きんかぎょくじょう》にして守ってくれている。

咄嗟《とっさ》に判断しなければならないことが起きても直ぐに躰が動くのは、見世がどこに顔を向けているかがはっきりしているからだ、と信は言う。見世があやふやだったら、結局は玄人の知恵に頼らざるをえない。自分は畳を張り直したり、障子を貼り替えたりはできるけど、柱を立て、梁《はり》を渡らせることはできない……信がそう信じ込んでるから、周りも信じざるをえない。で、俺は三ツ目の入江町に別天地の路地を創り出した男として知られつつある。

振り返ってみれば、芳と相模への旅に出て、長後《ちょうご》で死にぞこなってから一年が経った。在から江戸へ出てきて、ずっと一季奉公重ねて、江戸染まれねえまま四十過ぎになって、血吐いて下男部屋で逝った仁蔵《じんぞう》のあとを追うしかなかった俺が、いまじゃ、六十人からの人を使い回す楼主だ。入江町が語られるときは、銀次と並んで名が挙がることだってある。いまはすっかり切見世に戻った、かつての小便臭い二畳のヤサの、右肩下りの鳥居を目にするたんびに、狐に化かされてるような気分になる。

そして、だからこそ、俺は焦《じ》れる。人はたった一年で「よし」を築いたと言う。一年しか経ってねえのに、と言う。けれど、俺にしてみれば、一年も経っちまったと悔いるしかない。一年も経ったのに、いまだに芳の姿を見つけることができねえままでいる。

俺は名うての楼主になろうとしたわけじゃない。なってく中途で、変わってもいない。「よし」はずっと、芳を待ちながら探す根城のままだ。芳が目っけられなきゃ、なんのために見世開けたかわからない。

待って探すのが悪手《あくしゅ》だったとは思わない。思ったら罰《ばち》が当たる。たった一日で頓挫しちまったが、あのまま女郎買いをつづけていたら、夜の四ツ切だけに絞ってカネを浮かせたとしたって、三月保《みつきも》たなかっただろう。そこで踏ん張って、もうひと頑張り、ふた頑張りできたかどうか。それにも増して、女郎屋で女抱きゃあ躰中に発疹が出ちまう躰が保ったかどうか……。いまも芳を探せているのは、銀次が待って探すのを奨めてくれたからこそだと肝に銘じている。

とはいえ、芳を見つけられないでいるのは否みようがねえ。半年が過ぎた頃から、俺は、「よし」で待つ以外にもなんかやりようがねえのか、思案するようになった。ちょこちょこと動きもした。

手始めに買ったのが蕎麦屋だ。ほんとは、あの柳原町の蕎麦屋を買いたかったが、銀次が午食う場処はそっとしとこうと、二丁目離れた田中稲荷《たなかいなり》の横にある蕎麦屋を買った。銀次が言ったように、まずは「よし」を固めてから、地獄に広げていったわけだ。

他に、小間物屋も開《あ》けたし、餅菓子屋も開けた。いくら「よし」が儲けようとしない女郎屋でも、女が四十人から居て、きっちり客が付きゃあ、入るものは入る。女郎が立ち寄りそうな店で良さそうなのが目に入ると、つい、買っちまったが、こいつは穏当に言って気休めで、はっきり言やあ悪あがきだった。

芳が俺を刺したのを知ってるのは俺だけで、この入江町で芳を探しているのを知ってるのは、俺と信だけだった。いまだに銀次にも言っていなかった。もっとも、銀次に言っていないのは、芳の秘密を守るというよりも、いまとなってみれば、言うほどのことでもないのではないか、という意味合いのほうが強い。恩人を見つけ出して礼をするのはもうわかり切っているわけだし、それを、どうやろうとしているのかも、銀次は知り抜いている。俺と銀次がそろってなにかを仕掛けるのに、恩人が何者かを伏せておいて困ることはなにもない。ならば、いまさら、実は、と明かすより、お互い、伏せるところは伏せておいたほうが逆に、いまの、曰《いわ》く言いがたいが、すこぶるうまくはいっている間柄を、大事にすることになるんじゃないか、と思った。で、ともあれ、銀次にも言っていないままなのだが、こいつはつまり、どんなに芳を待つ店を増やしたって、そこで待って役に立つ者は、俺と信の二人しか居ねえってことだ。

芳の人相書きを帳場の裏に貼っといて、店任せている者に、しっかり目配ってくれと言い渡すわけにはいかねえ。俺が十人、信が十人居りゃあ、二十軒の店を開いていいが、俺も一人、信も一人だ。一人は「よし」に詰めなきゃなんないから、他に開いていい店は一軒だけ。小間物屋も餅菓子屋も「よし」の女たちが喜んでいるし、岡場処近くの甘い物屋は女たちへの手土産によく捌《は》けるから、ま、いいと言やあいいんだが、芳探しからすれば、どっちかが、あるいはどっちも無駄だ。

で、ここらで、本気で潮目を変えなきゃなんねえと俺は思った。気休めでも悪あがきでもねえ、しっかり腰の据わった策を加えなきゃなんねえ。

となれば、もう、待ちの策はいいだろう。こっちから探しに出向く策だ。

貸本屋は前にも考えた。直ぐにもやろうかとさえした。小さく始められて、小回りも利く。本なら女郎屋に詰めながら息抜きできるから、女にも楼主にも歓迎されるだろうと想った。でも、女が本で仕入れた知恵を客が喜ぶのは、吉原くらいのもんだと楼主たちは言った。「岡場処の客あ、本の臭《にお》いのする女は好かねえよ」。本の話になると、手を横に振る楼主があらかただった。貸本屋だからといって、すすっと女郎の車座《くるまざ》のなかに入れるわけじゃない。

それに、「よし」が順調に伸びるに連れて、俺の顔も売れるようになった。もはや、貸本屋はありえない。「よし」の楼主が貸本背負《しょ》って女郎屋回り歩いたら、「わりい冗談だぜ」と拒まれるのが関の山だ。「引き抜きかい」とか「値踏みかい」くらい付け足されるかもしれない。

「よし」の楼主がやるわけにはいかないってことじゃあ、行商の小間物屋なんかもおんなじで、一人で回り歩く細々《こまごま》とした商いは、みんな偵察と思われてしまう。探しに出向く策を考えるたびに、結局は、気休めや悪あがきに流れちまったのは、この偵察と取られてしまう壁を越えられないからだった。

どうやって越えるか……。たどり着いたのは、なんてこたねえ、いっとう最初の頃に考えていた、誰もが想いつくような策だった。そんときの俺にはその誰もが想いつく策は無理だったが、いまの俺ならなんとかなりそうな気がした。

こいつは銀次と寄り合わなきゃなんねえ。

策を練るほどに、俺は思った。

銀次が乗ってくれなければ、いまの俺にだって、この策は無理だった。


「株を取らなきゃなんねえが、そいつについちゃあ、いまのお上はずぶずぶだから問題はねえだろう」

損料屋《そんりょうや》を始めてえんだが、と話を持ちかけると、銀次は言った。

「四宿《ししゅく》あたりじゃあ、店頭《たながしら》がてめえで損料屋やってるから、なかなか入り込めるもんじゃあねえが、ここは、ま、昔からいろいろ入り組んでて、牽制《けんせい》し合ってる。だから、逆に隙間《すきま》はある。ま、多少の厄介はなくはねえだろうが、そのあたりは俺のほうでなんとかできるだろう」

宿場の妓楼《ぎろう》を取りまとめるのが店頭で、有《あ》り体《てい》に言やあ、その筋の者だ。店頭が損料屋との二足の草鞋《わらじ》を履いたら、もう、どうにも手の出しようがない。

「ただ、岡場処と損料屋は切っても切れねえ仲だ。岡場処の女郎屋にある物は、もうなにからなにまで損料屋の貸し物だ。女郎屋がてめえでそろえた物なんてなにひとつねえって言っていい。つまりは、いま女郎屋に出入りしている損料屋が、もう、隅から隅まで食い込んじまってるってことさ。あとから入って、商いにするのは容易じゃねえよ」

場処は、俺が買った田中稲荷横の蕎麦屋だ。俺も銀次も酒は飲まねえから、蕎麦食ったあとの蕎麦湯飲みながらのやりとりになる。俺が酒から離れてるのは、芳を目っけるまで酒断ちしてるからだが、銀次はなんなのだろう。そのあたりのことになると口を濁すんで、二度とは訊いていねえが。

「貸してる物でちがいを出そうにも、四六《しろく》見世と切見世しかねえ町だ。深川仲町や、本所でも一ツ目弁財天あたりなら、貸す損料だって少しは余裕もあろうから、商いにも色出せるかもしんねえが、入江町じゃあきっつきつで、ちっとでも利が残る物を貸すしかねえ。で、どこもみんなおんなじような物になって、どこで勝負するかってことになったら、ただでさえ安い損料をもっと安くするしかなくなる。けっこう、切ねえ商いだってことさ」

銀次はここの蕎麦汁《つゆ》を気に入っている。蕎麦は俺んとこだが、汁はおめえんとこだと言う。蕎麦猪口《ちょこ》の底に張り付く汁を蕎麦湯でさらって飲むたびに必ず、しかし、どこまでも味が伸びるねえ、と繰り返す。銀次はいいもんを素直にいいと認めることができる。代わりに、よくないもんはよくないとはっきり言い渡す。商い、相談するには、これ以上ない相手だ。

「しかも、おめえは、恩人目っけるために損料屋やるわけだ。ってことは、四十一本の路地の四十一本を取りたいわけだ。四、五本取れりゃあいいなんてちんけな了見じゃあねえ。ま、少なくて十本だろう。とりあえず十本取りゃあ、商談のために残りの三十一本の見世にも出入りできる。いずれにせよ、新参者がいきなりそこそこの損料屋にならなきゃなんねえってことだ。おめえのことだから、ただ闇雲《やみくも》にがんばるだけじゃねえとは想うが、いってえ、どういう絵図、描いてんだい?」

「ちっと長い話になっちまっても構わねえかい?」

この策は、少しばかり遠い処から説かなきゃあなんなかった。

「語ってみてくれ」

「田舎者は田舎者が嫌えだが、俺もそうだ」

俺も蕎麦湯で喉湿らせてからつづけた。

「田舎者というより田舎が嫌えなんだ。在のなにからなにまでが我慢ならねえ」

だから、出てきた。出るしかなくなって出てきた。

「そういう俺なのに、たった一つだけ、在のほうがいいと思うもんがある」

「ほお、なんでえ」

「おそらく知らねえと思うが、箱床《はこどこ》さ」

「はこどこ？　なんでえ、そりゃあ」

「寝床なんだが、棺桶《かんおけ》頭に浮かべてもらったほうがつかみやすいと思う。畳一枚分くれえの、蓋《ふた》のない棺桶さ」

「その棺桶が寝床なのか」

「なかに稲藁《いなわら》を敷くんだよ。なんにもねえ在でも、藁ならいくらでもあるから、厚く敷き詰める。棺桶が隙間風防いでくれる上に稲藁たっぷりだから、もうあったけえのなんの。おまけに、包《くる》まりゃあ、お天道様《てんとうさま》の匂いというしかねえ香《かぐわ》しさに包まれる。なによりいいのは、じめっとしねえことだ。湿気吸いにくいし、ちょっと、さっぱりしなくなったなと感じたら、稲藁まるごと取っ替えりゃあいい。見てくれはわりいが、あんな気持ちいい寝床はなかった」

　だから、俺はいまでも上掛けに紙衾《かみふすま》を使っている。芝の天徳寺《てんとくじ》の門前で売られていたんで天徳寺とも呼ばれるが、四角い紙に藁屑《わらくず》入れて周りを縫ったもので、軽くてあったたかく、その上、丈夫ときている。貧乏人しか買わねえ安物って決めつけられているから、客に出すわけにはいかねえが、自分で使うなら断然、紙衾だ。

「江戸の女郎屋で稲藁使うわけにはいかねえから、いまはみんな綿入りの布団を敷いている。でも、綿は高えし、包む綿布《めんぷ》も高えから、もうぺっらぺらだ。稲藁の柔らかく包み込む感じなんてどこにもねえ。湿気だって、綿は盛大に吸い込む。なのに、取っ替えるまで敷きっ放しにするしかなかった稲藁の頃の癖が抜けなくて、万年床にして黴《かび》ばっか増やす。干しもしねえから冷てえわ、臭えわ、汚ねえわ、硬えわで、いいとこなんにもない」

「さんざんな言い方だが、ここいらの楼主にしてみりゃあ、客の野郎たちのあらかたはあれだけが目当てだから、布団がどうかなんて気にも留めてねえ、とでも踏んでんだろう」

銀次の言うとおりだろう。

「ふだんは、昼着た物のまんま畳にごろんと寝てる奴らだから、布団使えるだけでもありがてえはずだ、くらいに思ってんのかもしれねえ」

そいつが玄人の目ってやつだ、と思いながら俺は言った。

「客はあんときだけだからそれでもいいかもしんねえが、女郎は見世仕舞ったあと、その客の汗が染み込んだ、薄汚ねえ布団で眠るんだよ。毎晩、眠るんだ。躰、休まるはずもねえ。『よし』の女たちには、そんな気持ちわりい想いはさせたくねえから、綿、厚めの布団を入れて、女郎の六日に一度の休みに合わせて干しに出すようにしている。その場処が、ここのお稲荷さんの裏さ」

「で、今日の午はここだったたってわけか」

田中稲荷の裏は以前は田んぼだったらしいが、いまは空地になっている。そこを使わせてもらって干しを頼んでいる。干しを四回やったら、綿を打ち直して、綿布の洗い張りもする。いつも気持ちのいい寝床も、女郎に選ばれる女郎屋になるための糧《かて》だ。

「実あ、これが、女たちだけじゃなく、客にも評判がいい。いつもふっくらしている布団は、入江町で揚代二朱の『よし』に贔屓が付いた理由でもあるんだ。ただ、割床止めて、廻し止めただけじゃあねえんだよ。あったけえ厚い布団も、吉原気分を醸す道具立てなんだ。入江町に来るような客はあれしか考えてねえ、とも言えねえってことさ」

「つまりは……」

合点《がてん》も半《なか》ばの顔で、銀次は言った。

「そいつが、おめえがいまから損料屋に切り込んでいくための得物《えもの》ってことか」

「そのとおりさ」

即座に、俺は答えた。

「ふつう損料屋はなにからなにまで扱うが、俺は布団だけだ。いっとう問題を孕《はら》んでいるのに、そのままになっている布団だけに力絞って商いしていく。綿たっぷりの布団という貸し物だけじゃなく、干しも付ける。お天道様付きってわけさ。綿の打ち直しと洗い張りだって付ける。そうやっていきゃあ、四六見世が揚代二朱の見世になれるかもしれねえ、って打ち出しで貸し布団売っていく」

「『よし』みてえにか」

「そういうことになる」

「そこに、楼主が損料屋もやる意味があるってわけだ」

「そう願ってる」

「けんど、気がかりもたっぷりだぜ」

そいつを言ってくれるから、銀次はありがたい。

「まずは、相当な大仕掛けになる。布団の数そろえなきゃなんないのはもちろんだが、それだけじゃねえ。荷車も要る。数、要る。人もだ。なにしろ厚い布団だから、ふだん入れとく蔵だって半端なもんじゃあ済まねえ。もしも火事に遭ったら、なにもかもおじゃんだから、その用意もしなきゃなんねえだろう。干し場だって、ここだけじゃあ足りねえ。釈迦に説法で済まねえが、そういうもろもろは承知だよな」

「そのつもりだ」

「当然、そろえるだけじゃなく、回していく覚悟も据えてるんだろうね」

「それも、そのつもりだ」

「見くびるな、って思ったかい」

「いや、ありがてえ」

　肝腎なことになると、うやむやにしねえで敢《あ》えて念押すのが銀次だってことも、この一年で識《し》ったことの一つだ。〝あいつならわかっているはずだ〟を、銀次はしねえ。わかってねえことが多々ある俺としちゃあ、ほんとうに助かる。

「カネのほうはどうだい。借金でこんだけのことを仕掛けるとなると、あとあとが心配になるんだが、借金なしで組めんのかい？」

「とりあえずカネは借りねえ前提で、路地四本分から始めるつもりだ。そして、この年末には八本、来年中には十五本に持ってきてえ。むろん、そのあいだにも商いの売りには回って、恩人探しはやらせてもらうつもりだ」

　そいつについちゃあ、もう幾度となく弾いた。

「じゃあ、残るは、いっとう気がかりなことだ」

　おそらく、銀次はあれを言う。銀次が乗ってくれなければ、この策は陽の目を見ないと俺が思った理由を言う。

「布団は高え」

やはり、来た。

「吉原の太夫《たゆう》が客に貢《みつ》がせる三ツ組み絹布団の一枚三十両にはならねえだろうが、いま『よし』で使ってる布団だって相当に高直《こうじき》なはずだ」

なんでもあるはずの江戸には布団屋がねえ。布団は贅沢品だから、店を構えて吊るしをそろえたって、そうそう売れるもんじゃねえ。綿屋《わたや》か呉服屋が注文に応じて誂《あつら》えるか、使う者が自分で綿と側生地《がわきじ》を買ってきてつくる。そのてっぺんが銀次が言った三ツ組み絹布団で、一枚三十両が三枚だから百両ほどにもなるらしい。贈られると、積夜具《つみやぐ》って言って、わざわざ見世の前に飾り立てて往来にひけらかすくれえだから、おそらく百両ははったりじゃあねえんだろう。太夫にしてからが、おねだりするときは相当の覚悟が要るって話を耳にした。あまりに大金で、無理強いすりゃあ大事な上得意が離れちまうかもしれないからだ。おのずと、「よし」の布団も安かない。側生地が絹でも紬《つむぎ》でもねえから、積夜具の布団とは比べるのも野暮ってもんだが、裏店《うらだな》住まいにはとうてい手の届く値じゃあねえのはたしかだ。

「その幾枚か小判で支払わなきゃなんねえ品物を、一棟の女郎屋に十五枚がた貸し出すわけだ。損料屋だから、担保も取らねえでな。なかには借金で首が回らねえで、借りてる布団まるごと質草《しちぐさ》にして夜逃げしようっていう女郎屋もあんだろう。ま、他の物なら、夜逃げや欠け落ちの分まで見込んで損料の値付けするんだろうが、もともと値が張る厚綿《あつわた》布団だ。危ねえ分をそのまんま上乗せしたら、入江町の四六見世が払える損料の枠には収まるめえ。つまりは、商いになんなくなる。そのあたりのことは、いってえ、どう見てんだい？」

問い質《ただ》そうとする銀次の目を、俺は黙って見返す。

銀次は、なんでえ、って様子になるが、俺は唇を動かさない。

もう一度、問おうとして、はたと思い当たった顔を見せ、言った。

「俺か！」

そして、つづけた。

「そいつは俺の役割か！」

「二つ、やらせようとしているね」

と、銀次は言った。

「一つは、危ねえ女郎屋を洗い出すことだ。四十人の路地番に、女郎屋の商い向きにもそれとなく気を配るように言って、夜逃げしかねねえ見世を摑《つか》んどく」

さすが、銀次だ。

「ま、できんだろう。けどな、あんまり期待し過ぎないほうがいいぜ。路地番の一の勤めは、客と見世との揉め事を丸く収めて、遊び場気分を壊さねえことだ。路地一本仕切るのを張りにしている。だから、そこより他には気が行きにくいし、そもそも商い向きについちゃあ素人だ。あくまで、話の足しにするくれえの気で居たほうがいい」

「俺もそのつもりだ」

まさに、銀次が言った程度のことを求めていた。

「路地番の勤めの外で、なんかをやってもらいてえとは毛頭思っちゃいねえ。俺だって入江町の楼主だ。路地一本仕切るのが路地番だってことは弁《わきま》えている。だから、路地番の勤めの内で、耳目《じもく》に入ってきたことを教えてもらえたらありがてえ。揉め事が急に増えたとか、女郎のやる気がめっぽう落ちてるとか、やばい奴らが出入りするようになったとか、そういう類の話さ。こっちから探りに行って仕入れた話じゃなくて、路地番やってるうちに向こうから入ってきた話だ。それで、十分に役に立つ」

「なら、承知だ。そして、たぶん、二つ目の用も承知することになるだろう。だって、女郎屋が布団質に入れるために運び出すのを気に留めてろ、って話だろう」

「そのとおりだ」

「布団側《ふとんがわ》を解かれて、中身の綿を小分けにして持ち出されたら、さすがに見抜けねえかもしれねえが、明日にも欠け落ちようってえ切羽詰まった奴らが、そんな手間暇かけて十五枚分の布団綿を運び出すとは思えねえ。それに、布団は布団になってるから高値で捌《さば》ける。やっぱり目立っても荷車で運ぶだろう。あんな嵩張《かさば》るもん持ち出されて、夜中にがらがらでっけえ音立てられて、それで気づかねえ路地番が居たら、俺が即刻、引導渡すさ。だから、この二つ目の用は、任せておきなってことんなる」

「恩に着る」

俺は深々と頭を下げた。銀次が不承知なら、あきらめるつもりだった。

「よせやい」

銀次はふんと息を吐いた。

「今回の策は、あんたが首縦に振ってくれるかどうかにかかっていたんだ」

頭を戻してから、俺は言った。

「理由はあんたがいましがた言ったとおりさ。客の危ねえ分をそのまんま上乗せしたら、入江町の四六見世が払える損料の枠には収まらねえ。損料屋に、貸し物カネに替えられて逃げられる危うさは付き物、とは言ってらんねえんだ。できる限り危ねえ客には貸さねえで、貸したら、質に入れられるのを阻《はば》まなきゃなんねえ。あんたの承知が、この策の肝《きも》だったのさ」

「よかったよな、布団みてえな嵩張るもんで。これが、畳めちまう着物とかだったら、任せておけとは言えなかったぜ」

「そういうことだから、今回ばかりは、そっちもきっちり商いにしてくれ。ちゃんと儲けてくれ。そうしてくれねえと、商いにゆるみが出ちまう。ゆるみが出て成り立つような甘い商いじゃあねえ。そこんとこ頼む」

「遅くとも、あさってまでには数字出しとくさ。それでいいか」

「ちゃんとした数字をな」

「わかった。しかし、信じらんねえな」

「なにが」

「つい一年前は、目尻突っ張らせて路地巡りしてたおめえが、いまじゃ入江町でも名うての楼主で、その上、こんどは損料屋にまでなろうとしている。損料屋でもいっとうでけえ貸し物の布団の損料屋にな。そりゃ、信じらんねえだろ」

「すべて、あんたのお蔭さ」

「ちがうな」

即座に、銀次は言った。

「すべては大恩人のお蔭さ」

なぜか、ふっと息をしてからつづけた。

「いまだに見つけらんねえ大恩人が、おめえを動かしてる。動かねえ躰を動かして、できねえ堪忍やら辛抱やら企《たくら》みやらカネ勘定やらを、できるようにしている。そうだろ」

「それがなかったら、とっくに大川にでも浮かんでたかもしれねえ」

「ああ」

銀次は否まなかった。初めて会ったときの俺は、きっと、明日は大川って顔をしてたんだろう。芳探しは、てめえの始末と裏表だった。あの頃は、もっと裏のほうが強かったにちげえねえ。

「観音さまさ」

蕎麦屋を任せている者が、階段を上って来て、空になった土瓶を、熱い蕎麦湯が入った土瓶に替える。

「しかし、大の男がこう、二人向かい合って、蕎麦湯飲みつづけているとはな」

その土瓶を傾けて、苦笑いを浮かべながら、銀次が言った。

「おめえは酒断ちかい」

俺は黙ってうなずく。

「やはり、観音さまと会うまでかい」

「そのつもりだったが、近頃じゃあ呑まなくともなんともなくなっちまった」

「ほお」

「それどころじゃねえとでも言うのか、我慢して断ってるというより、呑みてえと思わねえんだ」

「ほうか。それじゃあ酒断ちになんねえな。恩人探しが苦じゃなくなったんだろう」

「苦じゃなくなった……」

「苦だったら、断つもんが要るさ」

言われてみれば、そうなのかもしれない。

「恩人探し出して、礼するんだよな」

銀次はつづける。

「ああ」

「ほんとに礼するだけ、になったんじゃあねえか」

「礼するだけ……」

「だけ」とはなんだろう。

「きっと、礼以外にもいろいろひっついてたんだろう。それがなんだか、俺にはわかんねえが、そっちのほうに苦が交じってたんじゃねえか」

「御札《おふだ》かな……」

　俺は言った。

「初めは、恩人を御札にしてたんだ。てめえ、預けてた」

「観音様だからな」

「どっかから、ほんとうに礼をするだけになった気でいたんだが、返したつもりで御札返していなかったのかもしれねえ」

「じゃ、いまはちゃんと返したってわけだ」

「だと、いい」

　預けちゃいけない者に預けた負い目が、苦を呼んでいたのだろうか。

「また、預けそうかい」

「気い付けねえとな。あんたはどうなんだい?」

　銀次のほうから、酒にまつわる話を持ち出したのは初めてだった。

「訳ありのようで、訊くのは控えてたんだが」

　銀次がほんとうにめずらしく、訊かれたがっているような気がした。

「たしかに訳ありだ」

　すっと、銀次は言った。延々と飲みつづけてきた蕎麦湯が、酒の話を促したのかもしれない。

「俺が酒飲《や》らねえのには、はっきりした訳があるんだ」

熱々の蕎麦湯を口に含んでからつづけた。

「俺は酒乱なのさ」

「酒乱……」

想いもしなかった言葉だった。訳あり、と観ていたから、頭んなかにいろんな理由を並べてみたことがあったが、銀次が口にした言葉は入っていなかった。

「ああ、もう、大風みてえな酒乱さ。大川に架かる橋を薙《な》ぎ倒すような大風だ」

蕎麦猪口に目を預けて、銀次はつづけた。

「家で酒を呑み始めたとする。一度、口付けると、もう、酒の鬼にでも攫《さら》われたみてえに、押し黙って延々と呑みつづける。決まったように意識を失って、決まったように戻る。戻って、周りを見回すと、それはひでえもんだ」

こんどは、長押《なげし》のあたりに目を遣る。

「座敷にあったもんはぜんぶがぜんぶ、大風が吹き抜けたあとみてえに滅茶苦茶になっている。襖《ふすま》は一枚も嵌《は》まってねえ。ことごとく、ぼろぼろに破れて、てんでに倒れている。障子《しょうじ》なんて、もう障子の形になってねえ。床の間の花瓶は粉々だ。で、てめえでやったくせして、いってえ、なにが起きたんだって啞然としてるんだ。そういう酒乱さ」

俺は、銀次の話に引っ張り込まれた。

「路地番たちは酒乱の俺を知らねえ。入江町に来たときはもう酒断ってて、それからも一度も口にしてねえからね。大風吹きまくってたのは、ここに来るまでの話さ。そん頃は、もう、そういうわけだから、周りにさんざ迷惑をかけた。でもね、こっちへ来てずいぶんしてから気づいたんだよ。あれは迷惑かけたなんてもんじゃねえ。壊したんだってね。物も壊したし、人も壊した。なにもかもてめえがぶっ壊しておきながら、こっち来て齢食うまではぜんぜん思い知ってなかったんだ」

銀次はそれっきり口を噤《つぐ》んだ。

聴き終えた俺は、銀次の話の欠片《かけら》を拾い集めていた。

銀次の「家」には、たぶん、座敷がひと間だけではなくあった。

座敷には、襖も、そして障子も立てられていた。

床の間もあって、花瓶が置かれており、おそらく花も活けられていた。

ふっと、銀次の伝説が浮かんだ。

そして、想った。

伝説のとおり、銀次は武家だったのだろう。

◆◆◆

損料屋《そんりょうや》は「よし」ほどにはうまく起《た》ち上がらなかった。

夏を終えるまでに路地四本取って、年末には八本にするつもりだったが、実際に年の瀬までに取れたのは半分にさえ一本足りない三本、十一軒だった。

「上出来さ」

と、銀次《ぎんじ》は言ってくれた。

そして、

「気がついちゃあいるだろうが」

と、つづけた。

「おめえは、ただ、貸し布団やってるわけじゃやねえ」

商いに出た帰りの、四十一本目の路地だった。路地の奥の、人目につかねえ角《かど》っこでのやりとりが懐かしかった。

「厚綿布団、貸し出すことで、ぺらぺらの布団じゃいけねえ、って言ってるわけだ。干し付けることで、湿気吸う万年床じゃならねえ、って言ってるわけだ。女郎、ちゃんと休ませようぜ、とも言ってるし、客に気持ちよく遊んでもらおうとも言っている」

初めて、ここで呼び止められて、言葉を交わすようになってから、一年と七月《ななつき》が経《た》っている。

「言われる楼主《ろうぬし》のほうは、岡場処の四六見世ってのはこんなもんだと思ってる。ただの牡《おす》には布団なんて目に入ってねえし、女だってぺらぺらの布団での雑魚寝《ざこね》に馴れている。それでずっとやってきた。ぽっと出の素人に口出されたくねえやと思ってる。奴らにしてみりゃあ、素人が玄人《くろうと》に意見してんだ」

そいつは重々、感じてきた。

「ほんとは素人の意見なんかに耳貸したくねえ。でも、この素人はただの素人じゃなくて、入江町《いりえちょう》で揚代《あげだい》二朱の見世七軒起ち上げちまった素人だ。だから、ま、いちおう話、拝聴《はいちょう》しておくかってことで会ってるわけだ」

「だったら」

俺は不平を言う。

「きれいに本音隠してりゃあいいものを、聴く気がねえのがあからさまだ。餓鬼でもねえのに、ことさらに見せつけようとしやがる」

「そりゃ、しょうがねえ」

あっさりと銀次は言う。

「奴らにとっちゃあ闘いなんだ。素人と玄人の闘い。素人の芯残して、女郎を人扱いしてる奴と、世間から忘八《ぼうはち》呼ばわりされながら女郎は女郎と腹括《くく》ってきた奴との闘いだ。会ったら、こっちは玄人だ、けっして気持ちで負け込んじゃならねえ、と気い張ってる」

「くだらねえ」

放った言葉がてめえに還《かえ》ってくる。相手のことなんて言えねえ。俺もまた、餓鬼じゃあるめえし、うまく運ばねえ憤懣《ふんまん》なんぞてめえの腹に収めときゃあいいものを、収め切れねえで銀次に愚痴ってる。

「でもな、奴らだって、聴いてる振りして、突っ撥《ぱ》ねてるだけじゃねえんだよ。突っ撥ねてる振りして、聴いてるところもあるんだ。その聴いてるところが、だんだん溜《た》まってきてさ、突っ撥ねてるところを追い遣《や》っちまったのが、おめえが仕事取った十一軒さ。いまも、おめえが商い仕掛けてるいろんな女郎屋で、聴いてるところが溜まりつづけているんだろう。存外、あるときんなったら、まとまって、突っ撥ねてるところを追い遣るかもしれねえぜ」

銀次が言った「あるとき」は、年が明けた二月に突然やってきた。

ほぼいちどきに路地六本分の話がまとまって、俺が厚綿貸し布団入れてる女郎屋はいきなり九本三十二軒になった。

四十一本はまだ遥《はる》かだし、もっと多くの女郎屋に貸し物入れてる損料屋は幾つもあったが、なにしろ、俺んとこは扱ってるのが値の張る布団だけなので、店に入る損料の総額で言やあ、おそらく、入江町に出入りしている損料屋のなかでは一番と見られるようになった。「よし」で名を上げた素人は、厚綿布団の損料屋でまたまた名を上げたのだった。

けれど、俺の鬱屈《うっくつ》は深まるばかりだった。損料屋始める前よりも、九本三十二軒取る前よりも深まった。

始める前は、待ちしかやっていなかった。芳《よし》を目っけらんねえで焦《じ》れてはいたが、〝待ちしかやってねえんだからしかたねえ〟という言い訳を並べることができた。それは〝こっちから探しに出りゃあ潮目は変わる〟という攻めの構えと対《つい》になっていて、その構えに促されるようにして損料屋にのめり込んでいったのだった。

損料屋に手を染めてもなかなか入り込めねえうちは、商いが広まりさえすりゃあ、がらっと変わると想っていられた。銀次が、とりあえず十本取れば、残りの三十一本の見世にも出入りしやすくなる、と言ったように、そこまで商い伸ばしゃあ、もう、格段に芳を探しやすくなるだろう、と。きっと、見つかるはずだ、と。気合い入れずとも、躰《からだ》は勝手に動いた。

九本三十二軒の仕事取ってみれば、まさにそのとおりだった。楼主たちの俺を迎える様子はまるで変わった。回る女郎屋が増えるに連れ、気持ちは勢いづいて、俺が女の顔をたしかめていない女郎屋はどんどん減っていった。そこで芳と出会えていりゃあ、狙ったとおりの攻め勝ちになったんだが、目当ての顔は見つけらんねえ。残りの数が少なくなるほどに躰は重くなって、芳を見つけることのできない不安が、はっきりと、芳を見つけることのできる期待を上回るようになった。

攻めて探していたはずなのに、勢い込むに連れ、逆に追い詰められていく。残り二十軒くらいなら、まだ、望みをつなぐ気持ちにもなれたが、十軒になり、そして五軒を切ると、もう、口をきく気も起きなくなった。

そうして今日、いよいよ最後に残った一軒になった。

女郎屋が見世を開ける一刻《とき》前の朝四つ、俺は上がり框《かまち》に足をかけて、布団を入れる座敷に上がる。

仕事まとめるときは、布団の管理の名目で、敷く座敷と、使う女郎をあらためさせてもらう決まりにしている。

いま使ってる布団と、女郎たちの着てるもんの吟味にかこつけて、一人一人の顔をたしかめていく。

幾度となく、繰り返したあと、俺は楼主に尋ねた。

「これで女郎はぜんぶかい？」

「ぜんぶだよ」

「一人二人、出てたりしてねえか」

「いや」

「病で臥《ふ》せってる者とか居るんじゃねえか」

「居ねえよ」

「も一度、しっかり見てくれ」

楼主はうんざりした顔で言った。

「だから、ぜんぶもぜんぶさ」

いくら「ぜんぶ」と言われても、これが最後と認めたくなかった。

これが、二年近くかけて、入江町四十一本千三百人の女郎をたしかめてきた営みの、仕舞いであっちゃあならなかった。

女郎屋を出たあとも、俺はまだあきらめちゃいなかった。

俺がしくじって、どっかで見逃しちまっただけで、芳は入江町のどっかに居るはずだと想っていた。

とっちらかった頭を落ち着かせて考えようと、俺は北辻橋《きたつじばし》に足向けた。

その欄干にもたれかかったとき、はぐれた一匹の蜜蜂が手すりに止まった。

なぜか、その蜜蜂が目に入ったとき、俺は悟った。

入江町に芳は居ねえ。

そして、もう、言い訳はなんにも並べらんねえ。

思えば、入江町の四十一本の路地に詰める千三百人は、江戸中の岡場処の女郎を一人残らずたしかめるための手始めのはずだった。

手始めなのに、千三百が途方もない数に思われて、何人回れるかなんてことは考えないことにした。

先を計りゃあ、手持ちの三十両じゃあつづかねえことは明々で、どんな台詞《せりふ》にも〝どうせ〟が付いて回る。

どうせ、入江町ぜんぶは回れねえ。

ぜんぶ回れても、どうせ、入江町だけだ。

入江町だけじゃなく、たとえ本所くまなく当たったって、どうせ、岡場処のさわりにもなんねえ。

どうせ、どうせ、どうせ、になる。

計っちゃあならねえ、と戒めて、行ける処まで行くことにした。

そうして今日、最初のどうせを消した。

どうせ、ぜんぶ回れるはずのなかった入江町を回り切った。

回り切ったが、大願成就《たいがんじょうじゅ》にはならなかった。

ならば、こんどは二つ目と三つ目のどうせを消さなきゃなんねえ。

でも、いまの俺は、入江町の外へ打って出ようとする、てめえの気の力を感じ取れずにいた。

江戸の岡場処の、途方もない広さに、怯《おび》えていたのだ。

二年かけて、入江町を回り切ったからこそ江戸の岡場処の、回り切ろうとすれば、てめえが綿屑《わたくず》になっちまいそうな広さが手に取るように伝わってくる。

芳探しはあきらめない。

絶対に、あきらめない。

けれど、いまは、躰が餓鬼みてえにいやいやをして、動こうとしない。

「お伊勢様でも行ってくれれば」

貸し布団にちょこちょこっと手を出すだけの俺を見かねて、信《のぶ》が言う。「よし」の暖簾《のれん》を掛ける前の、帳場裏の六畳だ。

「お伊勢様か……」

まだ餓鬼の頃に、目の前を抜け参りの列が通ったことがあった。お店者《たなもの》や子供が主人や親になんの断わりもなく、お蔭参《かげまい》りの列に連《つら》なることを抜け参りと言う。近所に使いに出たその足で、ふらっと伊勢への旅の列に紛《まぎ》れる。餓鬼の俺もまた、列に呑《の》まれそうになった。十にもならねえ俺の背中を押すものが、村には満ちていた。俺にとって伊勢参りとは抜け参りのことで、そいつはずっと変わっていない。

「あなた一人じゃ心配だから、伊勢講《いせこう》の人たちと一緒に行けるよう、話はつけてあるの。あなたが、うん、と言えば、直《す》ぐに動けるようになってる」

信がなにかを奨《すす》めるときは、かならず、もう、備えが整っている。躰を先に動かしといてから、物を言う。「よし」の使用人たちが従うわけだ。

「貸し布団があるからな」

ろくに身を入れて商いしていないのに、俺は言う。損料屋は芳を探す仕掛けとしては終わったが、商いとしては終わっちゃいない。それどころか、二十本へ向けて、もっと大きくなろうとしているところだ。その勢いがいまの自分とそぐわなくて、ひとまず手綱をゆるめ、替わる乗り手のことなどを考えたりもしているのだが、ともあれ、日々、布団は干され、荷車は回る。この商いで凌《しの》いでいる者たちが、少なからず居る。いま直ぐ放り出すわけにはいかない。そいつがまた俺の裡《うち》で、ぎしぎしと音を立てる。

「行ってしまえば、あとのことはなんとかなるわよ」

信に、貸し布団の口実が通じるはずもない。あらかたの勧めは、行ってしまえば、あとのことはなんとかなる。

「やっぱり、ぴんとこねえな」

それを弁《わきま》えていながら気持ちが渋るのは、やはり、芳探しをあきらめていないからだ。いまは躰がぐずっているが、いつ戻るかわからない。損料屋は俺じゃなくてもできるだろうが、芳探しは俺にしかできない。

「なら、草津《くさつ》とか熱海《あたみ》とか。とにかく、あなたは湯治《とうじ》でもしなきゃ駄目なの。だって、壊れてるんだもの」

信はなんのためらいもなく言う。

「俺は壊れてんのか？」

「そう。疲れが溜まっている、とかじゃなくて、壊れてるの。疲れが溜まっているというのは、荷車の心棒が折れそうだ、ってこと。でも、あなたは、この二年、気い張りっ放しで、動きっ放しで、もう心棒が折れちゃってるの。気があるのに躰が動かないのは、壊れちゃってるから。だから、直さなきゃなんない」

俺が動けねえのは俺がわりいんじゃなくて、俺が壊れてるから……耳に心地《ここち》よくて、思わずすがりたくなる。

「怖《お》じ気《け》づいてるだけさ」

堪《こら》えて、言った。

「そんなこと言ってると、いつまでも治らないよ」

突きつけるように信は言う。

「それよか……」

勝ち目がなくなった俺は話を替えた。

「あっちのほうはどうなってんだい？」

「あっちのほう、って？」

「そりゃ、銀次とのことさ」

なんにも包《くる》まずに、そのまま口にしちまったのは、そいつがいまのぐずった俺にとっちゃあ、いちばんの晴れやかなことだからだ。

「だから、なんでもないって言ってるでしょ」

なにをしょうもないことを、という風に、信は言う。でも、こっちだって、当《あ》て推量《ずいりょう》で言ってるわけじゃない。

損料屋が回り始めてからは、「よし」は信が、貸し布団は俺が、という分担がくっきりしてきた。

ねぐらはどっちも「よし」の路地にあるし、信のほうからの申し出で、毎朝、前日の報告を受けるから、日々、顔を合わせはする。けれど、互いの仕事が始まれば、それぞれの時が流れる。

ふた月ほど前のある日の午下《ひるさが》り、俺が田中稲荷《たなかいなり》の干し場へ向かおうと北辻橋を渡ると、向こうから信と銀次が連れだってこっちへ向かってきた。

「いまから午かい」

銀次はわるびれず、いつもの張りのある声で言ってきたが、信のほうは唇を閉じて、妙にそわそわして見える。けど、その頃までには、信も銀次も互いに十分見知るようになっていて、軽口もきける間柄になっていたから、きっと午どきでもあるし、どっかでたまたま出会って、例の蕎麦屋にでも行ったんだろうと想った。

それが、どうやら、そうでもないらしいって気になったのは、半月ばかり前、横川《よこかわ》の東じゃあいっとうでけえある寺から、貸し布団の件で呼ばれたときだ。近頃は岡場処の外からもちょくちょく声が掛かる。

そんときは道で出くわしたんじゃなくて、境内の茶店の床几《しょうぎ》に、二人して腰かけて話し込んでいた。想い合う者どうしが立てる、笑い声こそなかったが、四十過ぎと二十八の二人だ。しっとりと語らってると見たって、おかしかねえだろう。

蕎麦屋とちがって、その寺は入江町からそこそこ離れてもいる。行く気で行かなきゃ、行く処じゃねえ。俺もちっと喉湿らせる気で茶店に足向けたんだが、こいつは邪魔しちゃなんねえと、そのまま声を掛けずに引き返した。どうか、うまくいってくれと願いながら。

「俺がこう、はっきり口に出しちまうのは、俺に変な気がねしてほしくないからさ」

俺は、まったく取り合おうとしない信に、掛け値なしの気持ちを伝える。

「あんたは妙に筋通そうとするからな。そいつが気んなってしかたねえんだ」

俺にとっちゃあ、信と銀次がひっついて、夫婦《めおと》にでもなってくれりゃあ、もう、嬉しくて、お月様まで飛んでいっちまいそうだ。

二人には、もうなにからなにまで頭下げなきゃなんねえことばっかだが、なによりも深《しん》謝《しゃ》しなきゃなんねえのは、好きにならせてくれたことだ。

ずっと定まらず、江戸染まらなかった俺が、この齢《とし》になって、人を好きになるなんて考えたことすらなかった。そいつはほんとうにありえねえことで、二人と向き合うたんびに、俺はいつも胸底で手を合わせている。たったの一日だって、馴れることはねえ。

その二人が、ほんとうの家族になってくれたら、芳を探し出せなかった大穴だって、ずいぶん埋まってくれそうだ。この二年、動き回ってきたことが、なんにもならなくはなかったことになる。

だから、俺は口に出した。口に出さずにはいらんなかった。俺への気がねとか遠慮なんぞに、もうちっとでも、俺が願ってることを邪魔させてなるものかと思った。

「あなたには済まないけど、ほんとうになんでもないの」

信は信らしく、一度口にしたことは覆《くつがえ》さない。言うときになったら言うってことか。それまで待てってか。

信にばれたら、えらく怒られるだろうが、銀次にも気持ちは訊《き》いた。野暮も極まるが、正面から訊いて、俺にはなんの気がねも無用だってことを伝えた。粋なやりとりに気い配る余裕は、俺にはなかった。

「いや、そういうことじゃねえんだ」

銀次もまた否《いな》んだ。男女の仲じゃあないと言った。

「でも、そういう気んなったとしても……」

けど、銀次からは気持ちが洩《も》れた。

「俺は駄目さ」

目で質《ただ》す俺に、銀次はつづけた。

「言ったろう、俺が酒を呑まねえ理由」

そうだった。

「てめえが怖えんだ。また、この女《ひと》を壊しちまうかもしれねえ、ってね」

きっと、銀次はあんとき、いつか、このことを言うために、自分から酒断ちの話を切り出したんだろう。

軽いな、と俺は思った。俺は軽い。簡単な話じゃねえんだ。

信は信で、腹んなかに、自分の昔を猫の毛玉みてえに抱えているのかもしれねえ。茶店の床几に並んで座っても、そうそう笑いが出てこねえ二人なのかもしんねえ。

でも、だからこそ、夫婦にならなきゃなんねえ二人とも言えんじゃねえか。

「そう言やあ、小間物屋と餅菓子屋をどうするかって話なあ……」

望みはつなぐぞと思いながら、俺はまた話を替えた。

「湯治の話、まじめに考えてね」

でも、信は直ぐに、俺が壊れてる話に戻した。熱海が無理なら、箱根《はこね》でもと推した。


信に湯治や伊勢参りを持ち出されるようじゃあいけない。

それから程なく、俺は護持院ヶ原《ごじいんがはら》を巡るようになった。

さすがに、夜鷹のなかに芳が居るとは想っちゃいない。言ってみりゃあ、慣らしだ。江戸の岡場処の広さに立ち向かっていけるように、躰を慣らしていく。

効き目は、ある。

なにより、広い。

野放図に広い。

冬は鷹狩場になる芝っ原だ。

そいつが江戸川とか利根川とかじゃあなく、江戸の真ん中の御城に沿って延びてるから、異様に広く感じる。

入江町のぎゅっと詰まった四十一本の路地に慣れ切った躰が戸惑う。

その戸惑いが妖《あやかし》みてえな広さに触れて解かれていくほどに、二年の入江町暮らしで染み入ったものが一寸《ちょっと》ずつ薄れていく。

まだ、本所の一ツ目に根城構えようとか、深川に打って出ようかとか企《たくら》むところまでは遠いが、だんだんと怖じ気が退いてはいるようだ。

一方で、まるっきり逆のことも想うようになった。

通う場処ががらりと変わりゃあ、それまで頭に浮かびもしなかったことも浮かぶ。

御城の石垣と釣り合う松を背景にすると、夜鷹は米粒くらいにしか見えない。

幾つもの米粒に、日々、目を遣っているうちに、ふと、芳は岡場処には居ねえんじゃねえかって気になった。

むろん、なんの謂《い》われもねえ。

ただ、入江町じゃあ未《いま》だに素人の俺も、一歩外へ出れば、岡場処の玄人と観られるんだろうと想う。

俺にしたって知らずに、岡場処の匂いのするもんと、匂いのしねえもんを嗅ぎ分けられるようになった。

そのハナが、岡場処に居る芳を伝えてこない。

芳が里に還《かえ》っていないのをたしかめたとき、誰にも頼れねえ芳にだって、躰売らずに凌ぐ手立てが残されていなくはないかもしれないとは想った。

でも、そいつは僥倖《ぎょうこう》で、つまりは、めったにない。そして、僥倖を得たなら、俺が顔を出しちゃあいけない。

だから、俺は僥倖を考えなくていいと腹据えて、生きていくために〝誰とでも寝なきゃなんない〟芳を探してきたのだった。

いまになって、芳が僥倖を得たと認めることは、この二年が、また勘ちがいから始まったことになるんだろうが、それを徒労と思う気持ちは湧いてこない。

むしろ、勘ちがいだったことを願っている。

とはいえ、たしかめる術は、岡場処とは無縁に暮らす芳を、この目に入れることしかない。

となれば、広過ぎると怖じ気づいている岡場処の枠さえなくなる。探して出会うことはまずありえない。

だから、もしもハナを信じるとすれば、どこかで、自分で区切りをつけるしかないのだろう。

進むのか、閉じるのか……寄ってくる夜鷹の顔をなぞりながら、俺は考える。

もしも閉じるのなら、入江町にとどまる意味もなくなる。

そんときは、手のかかる里を抱えている信に、「よし」を手渡すのがいいだろう。俺が消えりゃあ、信も自然と銀次との隔たりを縮めるかもしれねえ。

二人のことを考え出すと、つい、そっちばっかになる。

信と銀次のことを考えているときだけは、ただ、あったまる。

通い出して半月ばかりが過ぎた日の宵も、いつものように、二人の行方に想いを巡らせつつ護持院ヶ原から戻った。

路地番の一人が血相変えて「よし」に飛び込んできて、銀次が刺されたと伝えたのは、それから小半刻ばかり経った頃だった。

俺と話したがってると言う。

路地番の会所に駆けつけるあいだ、とにかく死なねえでくれって念じつづけた。

銀次が居ねえ世界は考えられなかった。俺が魚なら、銀次は水だった。

他のなにがなくなっても、どうにかしようって気になれるが、水だけはどうしようもねえ。

この世には、俺が想ってきた江戸とはちがう、泳ぐ場があるのを教えてくれたのが銀次だ。

会所が近くなるほどに、水が干上がるのがひしひしと伝わってきて、焦りまくって転がり込んだ。

ようやく目にした銀次は、覚悟したよりはわるく見えなかった。

「済まねえな。呼び出しちまって」

座敷に入る前に、付いてた者から、うまくいきゃあ持ち直すかもしれないとは聞いたが、さすがに、声はあの張りのある声じゃなかった。

「なんてこたねえさ」

おろおろしてんのが声に出ねえように踏ん張った。

「こういうことんなって、いろいろ考えてたんだ。ふだんは、てめえのこと考えるなんて真似しねえからな」

「ああ」

気弱んなってるのが気にかかる。

「いっとう考えたのは、入江町の銀次のまま逝くか、それとも、昔の俺に戻って逝くか、ってことさ」

縁起でもねえぞ、って言おうとして止《や》めた。

気休めの相手するより、話しておきたいことを話したいだろう。

銀次が臥せってる座敷は、人払いがされていた。四十二人の路地番は離れた処で詰めている。

人の耳は気にしねえでいい。

「結局、入江町の銀次で逝くことにしたんだが、しかし、おめえにだけは昔の俺も知っといてもらいたかったんだよ。なぜだか、わかるかい」

銀次が「よし」を仲介料なしに斡旋してくれたのを知ったとき、俺はそのことを尋ねなかった。いつか、ちゃんと、尋ねるべきときが来るのがわかった。いまが、そのいつかなのだと思った。

「いや、なぜだい」

きっと、それを聴きゃあ、初めて銀次の姿を目にしたときから、なぜ俺が惹き付けられたのかもわかるんだろう。

「俺も探し人してたからさ」

聴いたとたん、なにかが躰の芯を突き抜けた気がした。

「女房だよ」

「女房……」

「ああ、田舎の藩で二本差してた頃のな。そして、俺が酒乱だった頃の女房だ」

すっと銀次は言った。当たっちまった、と俺は思った。やはり、銀次は武家だった。

「もひとつ言やあ、酒乱の俺に愛想つかして、男と欠け落ちた女房さ。で、俺は妻仇討《めがたきう》ちに出たってわけだ」

「それで、探し人かい」

さっきの得心《とくしん》が行き場を失《な》くす。入江町の銀次が、ただの妻仇討ちで探し人じゃあ、収まりがわりい。

「国、出て、ぐるぐるとな。ちっとも見つかんねえで、有りガネ使い果たして、ここに流れ着いたのは二十年近くも前《めえ》だ」

「斬る気で探してたのかい」

このまま、話が行き着くとは想えねえ。

「むろんさ。一刻も早く打ち果たして、国へ戻るつもりだった」

「まだ、ほんとの名前を聴いてねえな」

「いま、言ったろう。入江町の銀次のままで逝くことにしたって。ほんとの名前なんてねえさ」

「なら、その名無しは、いつから入江町の銀次になるんだろな」

「国、出た頃は、本気で、武家の妻が不義をはたらきおって、なんて憤《いきどお》ってたんだよ。てめえの酒乱、そっちのけでね。もう呆《あき》れるほど、なあんにも考えてねえんだ。武家の一分とかで一杯でさ、その実、頭ん中、空っぽだった。受け売りばっかで、てめえじゃあ一寸も考えてなかったのさ。ここに引っ掛かったときも、たいして変わっちゃいなかっただろう」

「まだ、銀次じゃねえんだ」

「当座は、妻仇討ちつづける腹だったと思うぜ。でもな、ここで路地番やって、毎日毎晩、ありのまんまの女と男を見遣っててみろ。人の見え方なんざ否応《いやおう》なく変わっちまう。〝酒乱の俺に愛想つかして〟とか、よく言えたもんだと思ったさ。てめえが壊したくせにね。女房は避難したんだよ。俺は鬼だったからね。もう、どうしようもなく鬼だった。逃げるしかなかったんだよ。おめえに、ここで妻仇討ちがあったことは話したね」

「ああ、聴いた」

たしか、最初に口をきいたときだ。

「この入江町の路地から路地へ、ぼろぼろになった侍がぼろぼろになった女郎を、本身《ほんみ》を抜いたまま追っかけ回すんだよ。腕はかなりのもんと観《み》た。相当の修行積んだんだろう。その凄腕《すごうで》が、三ツ目の入江町で女郎になった女房追っかけんのに使われてんのさ。なんか、てめえの姿と重なってね。情けねえなんてもんじゃねえ。もう、ただ詰め込まれただけの武家の大義《たいぎ》ってやつがどんなに無様《ぶざま》なもんか、目の前でこれでもかってくらい見せつけられてね。あれが駄目押しになったんだろう、見える景色がまるっきり変わっちまった。女房はいそいそと手に手を取って、国を出てったんじゃねえ。俺に武家の妻の座を壊され、てめえを壊されて、出なくちゃならなくなったんだ」

「斬る気は失《う》せてたんだね」

「失せるどころか、俺はてめえが女房に背負わせちまった重いもん、除《の》けたかったんだよ。あいつだって、不義をはたらいて国を出たって負い目をずっと引き摺ってきたんだろう。追う者と追われる者のちがいはあれ、同じ火種で国を出なきゃなんなかった者どうしだ。それがどんなに切ねえもんかはよっくわかる。早く見つけ出して、もう、そんなもんとかかずらわなくていい、ぜんぶ忘れちまっていいって伝えたかったのさ」

いっしょだ。

「ほんとは礼だって言いたかった。壊しておきながら、欠け落ちてくれてよかったなんて言やあ、女房を愚弄《ぐろう》することになんから言えねえが、胸の裡では礼をしていた」

「礼……」

「俺は入江町の銀次になって心底よかった、って思うようになってたのさ。最初は早く武家に戻りたくてしかたなかったが、いつの頃からか、いまさらあの暮らしに還るなんざ、まっぴらだと感じるようになった。路地一本仕切って、遊び場気分満たす路地番の勤めが、性に合ってたんだ」

「この場末《ばすえ》のどこがいい？」

「ここはどこでもねえからね。なにしろ岡場処だ。あるはずのねえ場処さ。ねえのに、あるんだ。別世《べっよ》だよ。俺あ、この別世に立って初めて息を深く吸うことができた。だから、別世を別世のまんまにしときたくて路地番張ったのさ。励み場なんだよ、路地番は俺の。そいつに気づかせてくれたのは女房だ。女房が欠け落ちなきゃあ、こんな世界があるのを知るこたありえなかった。だから、出会えたときにゃあ、口には出さねえが、礼もしてえと思ってた」

「出会えたのかい」

俺は出会えなかった。出会えずに、ぼっと立ち尽くしていた。

「出会えたさ。俺を刺したのが女房だ」

「女房……？」

まだ、誰が銀次を刺したのかは聴いていなかった。

「ちっとばかり前から、容易には解《ほぐ》せねえ厄介を抱えててね。そいつがここへ来て、行ってほしくない向きに行っちまって、頭がそればっかになって通り歩いてたとき、背中から突然やられた。なんでえ、って振り向いてみたら、探してた女房だったのさ」

なんてこった。

「女郎、なってたよ。四十も間近の安女郎にな。最近、他の町から移ってきたらしい」

「ここ来て、あんたを見つけて、妻仇討ちに来たんだ、と思ったのか」

「そうだろうな。自分を殺しに来たんだって泡食って、きっと、窮鼠《きゅうそ》、猫を噛んじまったんだろう。さもなきゃ自分じゃ気づいてなかったかもしれねえがな、俺への憎しみが膨れ上がっていたのかもしんねえ。自分を安女郎に貶《おと》めておきながら、いい気になって路地番やってる俺見て、知らずに溜まってたもんが破裂しちまったんだよ。俺がいまいっとう悔いてるのは、そのことさ。壊して、国から追い出して、挙句、四十近くの女郎になった女に、人殺しまでさせちまった。そいつが、悔やんでも悔やみ切れねえ」

「人殺しじゃあねえだろう。しっかり治りゃあいいんだ」

俺は本気で治ると信じてた。

「そうだな」

「奥方はどうなる？」

「いまんとこは俺の顔立てて、御番所には届かねえよう伏せてくれているが。俺が逝ったら、どうなるか……。それに、たとえ罪には問われなかったとしたって、てめえが人殺したっていう気持ちの焼印《やきいん》は消えねえ。だからさ、おめえもよっく考えるこった」

「俺が、か」

なんで、急に話の矛先が俺に向かうのか……。俺のことなんて話してる暇はねえだろう。

「ああ、おめえの恩人は大丈夫か」

芳、が……？

「見つけ出したとき、俺の女房とおんなじことやらかしたりしねえか」

あっ、と俺は思う。

しねえ、とは言えねえ。

もともと、老公を守るために俺を刺したんだ。

生きてるとわかりゃあ、また刺すかもしんねえ。

「そう、だな」

自分を人殺しだって責めつづけているだろうとばかり思い込んで、その責めを解きてえ一心でここまで来たが、言われてみりゃあ、また刺すと考えたほうが落ち着きがいいんだろう。

「もし、やらかしたら、おめえが人殺しにするんだぜ」

俺は大きく息をついた。せっかく死にぞこなって芳が人殺しになるのを阻《はば》んだのに、よりによって二度刺させて、こんどこそ人殺しにしちまうかもしんねえ。

「だから、も一度、よっく考えろ。見つけたほうがいいのか、見つけねえほうがいいのか、信とよっく話すこった」

「信、と？」

「ああ、俺と信はおめえが想ってるような関わりじゃあねえ。二人で会ってたのは、おめえのことを話すためさ」

「俺の？」

なんでだ。なんで、銀次と信が二人で会って、俺のことを話さなきゃなんない？

「そうさ。なにを話してたかは信から聴け。言っとくが、二人しておめえの話はしたが、信がおめえについて知ってることを、俺に語ったのはほんのわずかだ。二人して示し合わせてたわけじゃねえ。だから、信がおめえになにを話すかは、俺にはわからねえ。みんな、おめえだけに初めて話すことだろう。だから、よっく聴け。そいつが、俺がおめえを呼び出した用件だ」

そこまで語ると、銀次は力なくつづけた。

「ちっと話し疲れた。おめえはもう行け。俺は休む」

「今夜はずっと側《そば》に居てえ」

銀次は「家族」だ。

「そいつはなんねえよ」

「なんでだ」

「俺は入江町の銀次だぞ。逝くとき、周りに居ていいのは路地番だけだ」


銀次は夜明けを迎える前に容体が急変して逝った。

俺は死に目に会えなかった。

信も死に目に会えなかった。

銀次の遺言で、四十二人の路地番だけが看取《みと》った。

俺は泣いた。

横川べりを涙ぼろぼろ流しながら北へずんずん歩いた。

業平橋《なりひらばし》を渡って、そこまで行きゃあ見渡す限り人目のねえ、曳舟川《ひきふねがわ》沿いの畑地にべたっと座った。

声も涙も解き放って、うぉんうぉん泣きつづけた。

◆◆◆

銀次は通夜も葬式もやんなかったし、墓にも入らなかった。

当然、戒名もなく、入江町の銀次のまま旅立った。

棺《ひつぎ》は路地番たちが一本ずつ釘を打って、そのまま小塚原《こづかっぱら》の火屋《ひや》に運ばれた。

そして、ひと晩かけて、今朝、焼きあがったお骨を北中之橋の上から横川に撒《ま》いた。

横川は北中之橋から、大横川《おおよこがわ》に名が変わる。

そっから、ぱっと散らせてくれ、というのが路地番たちへの銀次の遺言だったらしい。

散骨は路地番しか知らなかったはずなのに、朝の横川べりは西も東も人で埋まっていた。

下働きも下足番も不寝番も女郎も楼主も無言で立っていて、やはり唇を閉じたままの路地番の銘々が、一同でそろえることもなく、それぞれの別れ方でお骨を撒き終えると、まるで朝靄《あさもや》だったかのように姿を消した。

その朝靄のなかに、信も、俺も居た。

川べりに並んだときは、見送ったその足で、銀次と信が境内の茶店で話し込んでいた本《ほん》法寺《ぼうじ》あたりへ向かい、信から話を聴こうと思っていたのだけれど、終わってみれば、とてもそんな気にはなれなかった。

涙出しきってみると、俺は、一生懸命、船漕いでいた川の水がいちどきに干上がって、ごろごろした石ばかりが転がっている川底に、独りで立っているみてえだった。

流れが音立ててた頃は、名うての師匠が船の操り方から網の打ち方まで、なんでも教えてくれた。なのに、いつも傍らで波切っていた師匠の船が見えなくなったとたん、川そのものも消えた。

水が涸《か》れたんだから、狙う魚も居ねえ。

なにしたらいいんだか、わからねえ。

日々、念を入れて船や網の手入れをしていたのに、手を触れる気にもなんねえ。

「話すのは、初七日《しょなのか》経ってからにしよう」

坊主呼んで葬式やらなかったんだから、初七日も忌明《いみあ》けの四十九日もねえんだが、信にはそう言った。

七日のうちにゃあ、水も戻ってくるだろうと想ったわけじゃあなかった。とりあえず逃げた。

川が干上がって涸れ川になったのに、流れてた頃の話をされても困る。

信だって川が流れてた頃の人間だから、そのうち、涸れた川底から姿消えてるんじゃないかと想ったりした。

「七日、経ったけど」

けど、信は消えていなくて、七日が過ぎるとそう言った。

きっと、酒に溺れるでもなく、博打場通いに耽《ふけ》るでもなく、ただ、呆《ほう》けている俺を危ねえと観たんだろう。

信には俺の涸れ川が見えているんだかいねえんだかわからねえが、見えていたら、そこに居っ切りになっちまうんじゃねえかと危ぶんでくれたのかもしれない。

「そろそろ話さない？」

そんな信の申し出を、俺は断われなかった。

誰かが手を伸ばして引っ張り上げてくれない限り、ここに居っ切りになっちまうなと感じていた。

「どっか行くか」

俺は言った。

「本法寺」

迷わず、信は答えた。

信と俺は横川の西べりを北に行き、法恩寺橋を渡る。

涸れ川が少しだけ退いて、頭が少しずつ回り始める。

俺が二人を見かけたときも、こうして連れ立って、本法寺へ向かったのだろうか。それとも、信が先に行っていて、あとから向かった銀次と落ち合ったのだろうか。

柳原町《やなぎわらちょう》の蕎麦屋じゃあ、俺と鉢合わせしちまったんで、きっと場処を替えたんだろう。

いずれにせよ、二人で俺のことを話したんなら、呼び出したのは信だ。銀次じゃない。

銀次がいまさら俺について、信から聴き出さなきゃなんないことなんてない。

お互い、知らないことは無理して知ろうとせずに、いまのつながりの妙を大事にしてやっていこうという付き合いだった。知らねえことを知るのが余計で済みゃあまだいいが、いまを壊しちまうのを怖れた。

もっとも、信にしたって、俺がらみで銀次から聴き出してえことがあるとは想えない。

俺の躰を壊れてると糾《ただ》した信だ。按配を気にかけてくれて、損料屋の商いがどういうものか知ろうとすることはあるかもしれない。けれど、それなら、俺に隠れるようにして聴くことはねえだろう。

となると、どっちも互いに用はねえってことになっちまうんだが、信にはまだまだわかんねえところがある。どっちが呼び出したかとなりゃあ、はっきりと信だ。

いってえ、なんだ。

なにが知りたい？

なんのために知りたい？

誰のために知りたい？

俺のなにを知らない？

頭が動くほどに、足を動かすほどに、涸れ川が遠ざかる。独りになりゃあ、また、かさかさの川岸に戻ってぼけっとするのかもしれねえが、とりあえずいまは、目の前に迫ってきた本法寺の山門が鮮やかに映る。

境内に足踏み入れて信が向かったのは、あの茶店の、あの床几だった。

あのときのように、信が右に、俺が左に座る。

隣りに並んで座ると、本題とはまるっきりあさっての想いが巡り出す。

信は幾つになったんだ……

あれから二年経ったんだから、もう二十八かあ。

けっこう、いい齢だなあ……

このまんま「よし」にとっつかまってると、行かず後家になっちまう。

なんとかしねえと。

と、言ったって、入江町で「よし」の信に手を出そうなんて奴は居ねえ。

それに、銀次以外の入江町の者じゃ話になんねえ。

やっぱり、入江町の外に出さなきゃなんねえ。

閉めるか……

「よし」、閉めるか。

芳、探すの、止めにすっか……

銀次が間際に言い残した言葉がよみがえる。

「おめえの恩人は大丈夫か」

「見つけ出したとき、俺の女房とおんなじことやらかしたりしねえか」

「もし、やらかしたら、おめえが人殺しにするんだぜ」

「だから、も一度、よっく考えろ。見つけたほうがいいのか、見つけねえほうがいいのか、信とよっく話すこった」

干上がった川底に、ひと筋の水が流れ始める。

ちゃんとしねえとな、と思う。

隣りで息してる女も、また大恩人だ。

振り返ってみたら便利遣いしただけ、になっちゃならねえ。

そのためには、まず、信がなにを考えているのかを知ることだ。

俺から口切ろうかと思ったら、信が前に顔を向けたまま語り出した。

「あなたは楼主で、あたしは使用人」

そっから始まるのか。

「でも、あなたは、あたしを使用人扱いしなかった」

使用人じゃねえんだからあたりめえさ、と思ったが、口は挟まなかった。

「『よし』のことを、なにからなにまで説いてくれた。『よし』が芳を待ちながら探す根城だってことから、玄人の色に染まらない見世に仕上げるってことまで」

俺は言っただけだ。やったのは信だ。

「楼主は、あんなにきちんと自分がやりたいことを使う者に語ったりしない。語ろうにも、ふつうの楼主にはやりたいことなんてない。ただ、オカネがたくさん欲しいだけ。あなたがそういう楼主じゃなくて、あたしがどんなに救われたかわかりゃしない。とりわけ、『よし』を女郎に選ばれる女郎屋にしていいって言ってくれたのは助かった。あれで、あたしはこの勤めをやっていいと思うことができた。あなたにはほんとうに感謝してるの」

そいつはこっちの台詞だ。そんな女郎屋がほんとうに入江町にできるなんて、当の俺が信じ切れていなかった。

「でも、あなたはいっとう肝腎なことを、あたしに話していない」

いっとう肝腎なこと……

話してない……

「幾度、あなたに訊こうとしたかわからない。でも、やっぱり、直に訊くのは怖かった」

怖かった……

俺には見当もつかねえ言葉ばかりを信は並べる。

「だから、銀次さんに訊こうと思ったの。あなたのことなら、なんでも知ってそうな銀次さんに」

「なんて訊いたんだい？」

俺は初めて口を挟んだ。

「あなたが、探してた人と出会えたら、なにをするつもりなのか、ということ」

ん……

「あなたはあたしにいろいろ教えてくれたけど、芳を見つけたらどうするつもりなのかは、ひとことも言っていない」

あっ、と俺は思った。

信と芳がどの程度の関わりだったのかを、俺は知らない。

同じ高座郡の出で、村はちがうが、半刻《はんとき》も歩けば行き来できる。芳の家も知っていて、地図描いて教えてくれた。いま、俺がここでこうしているのは、あれで、芳が里に還っていねえのを知ったからだ。あれからすべてが動き出した。だから、相当に濃い間柄と観ることもできる。

けれど俺は、女と女の仲の良さってのを信じちゃいなかった。女は、一人一人がみんな主役張る。だから、両雄《りょうゆう》並び立たずってやつで、一見、近しそうに見えても、ひと皮剝きゃあ、えらく張り合ってる。まして、芳は老公の子を身ごもった。同じ屋敷に奉公していて、齢が上とはいってもわずかに二つちがい。それで芳は選ばれ、自分は選ばれなかった。となれば、信の気持ちの裡に、芳を否むものが育ってもぜんぜんおかしかねえ。逆に、それでこそ女だくれえに想ってた。

けれど、もしも、だ。もしも、芳と信がほんとうに気持ちが通じ合って、女の張り合う気持ちなんてどうとでも操れるくれえだったら、どうだ。

信は俺が芳を探してるのを知っていた。訳ありだってことにも気づいてた。そのうち、なんと俺は芳を見つけるために女郎屋まで開けた。信はなによりも、俺が芳を探し出してどうするつもりなのかが気に掛かっただろう。ひょっとして、危ねえことをするんじゃないかと怖れたかもしれねえ。

俺のほうは、芳を目っけて、あんたは人殺しじゃあねえって伝えてえ想いでいっぱいだった。人からどう見られているかに気を取られてる隙間は一寸もねえ。まさか、自分が芳にわるさをするかもしれないと、信に危ぶまれてるなんて露ほども想い及ばなかった。

なんだ、そんな行きちがいだったのかと、拍子抜けしながら、俺は言った。

「銀次はなんて言ってた？」

「探し出して礼がしたいんだろう、って教えてくれた」

「でも、礼がしたい、だけじゃ、どんなお礼かわからないでしょ」

そのとおりだ。

「ああ」

「だから、どんなお礼か訊いたの。そしたら、お礼参りの礼じゃあないから、心配することはないだろうって」

なら、そこで、疑いは晴れたわけだ。

「けど、お礼参りの礼じゃないから心配することはない、というのは、毒じゃあないから食べられる、って言ってるのと同じ。毒じゃなくても食べられないものはある」

言われてみれば、だ。いつもの信だ。信はいつも、言われてみれば、を言う。

「だから、もっと知ってることとないか訊いた」

「そうか」

銀次も弱っただろう。さもなければ、頼れそうな女だと感じたかもしれない。

「そしたら、もしも、あいつが恩人を探し出して危害を加えるかもしれねえと、あんたが怖れているんなら、そんなことは絶対にないって、言い切ってくれた。そして、まだあなたにも話していないことだけど、って言って、自分の妻仇討ちの話をしてくれたの」

俺は黙ってうなずいた。

「自分も恩人を探してるんだって。最初は斬ろうとしていたけど、ここで路地番やってるうちに見える景色がぜんぜん変わって、いまは、自分が背負わせた重石《おもし》を外して、お礼をするために探してるんだって。斬ろうとしていた相手がいまは恩人なんだって。そういうことはあるんだって」

「それで、安心したかい？」

逝った晩、銀次は、それもあって俺に妻仇討ちを語ったのかもしんねえ。先に信に語っちまった埋め合わせをしてくれたのかもしれねえ。ずいぶん義理がたくて、また涙落ちそうだ。

「安心した。あたしは、もちろん、あなたがそんなことしないって信じてる。あなたが芳の消息を尋ねにきたときから、あなたは信じていい人だと想ってた。幾度も問い直したのは、自分じゃなく芳のため。あたしと芳は別の人。あたしの信じる信じないで、芳の身の危険を計っちゃあいけない」

また、言われてみれば、だ。

「だから、銀次さんにたしかめた。入江町の銀次があそこまで言ってくれたら、あたしのあなたを信じる気持ちは、自分の情だけじゃあないことになる。芳のために、ちゃんと判断したことになる。だから安心した。もう、考えないことにした」

それで、信は語り終えたんだろうと、俺は想った。ただの行きちがいとはいえ、わだかまりが解けてよかったと思っていた。信が、消息を尋ねに行ったときから俺を信じてた、と語ってくれたことも嬉しかった。話はほわほわと結ばれようとしていた。でも、信の話はまだ終わっていなかった。

「でも、いくら芳のためとは言っても、あたしは少ししつこかったと思わない？」

放り置けば立ち消える話を、信は自分から蒸し返した。

「少しな」

とはいっても、なんにつけ、いいかげんのまま放り置かないのが信だ。しつこかったかもしれないが、しつこ過ぎるとは思わねえ。

「あたしだって、ただ、心配だってだけで、銀次さんにまで尋ねたりしない。そうしたのには、理由があるの」

どういうことだ。

「これをあなたに言っていいのかどうか、ずっと決められないできたんだけど……」

また、ずいぶんと思わせぶりだ。

「あたしは、芳があなたを刺したことを知ってたの」

一瞬、信がなにを言ったのかがわからない。

「知っていた……」

「そう、知っていた。芳がなにをしたか、を知っていた。だから、あなたが芳を恨んだり、怒ったりするのがあたりまえと思ってた」

俺の顔はたぶん、ほんとうに青くなったんだろうと思う。

「なんで知ってたか、訊きたいわよね」

俺は大きくうなずいた。

「芳とあなたが根岸を発《た》って六日目だったと思う、芳があたしを訪ねてきた」

信は初めて聴く語りをつづける。

「もちろん、屋敷の裏木戸を叩いたりしない。あなたはあたしを呼び出すのに人を頼んだけど、芳は一文なしだったんでしょう、裏木戸が目に入る藪《やぶ》に身を潜めて、じっとあたしが表に出るのを待ってた。いったい、なん刻、待ちつづけてたんだろう、近所の百姓家が野菜を届けに来たんで受け取りに出たとき、百姓の肩越しに小さく手を振る芳が見えた」

俺が一度目に信を訪ねた帰り際、あくまで念のために「屋敷には、芳は一度も戻ってこなかったね」と質すと、信ははっきりと「ええ。戻ってないわ」と答えた。そして直ぐに「いまは芳も居ないし、仁蔵《じんぞう》さんも居ない」とつづけた。仁蔵持ち出したのは、話から芳を遠ざけるためだったということか。

「あなたが戻るはずの日に戻らないから、あなたと芳になんかあったとは、みんな察していた。とはいっても、屋敷を差配するのはあの手嶋《てじま》だから、表立ってどうこうはしない。なぜか、戻らない日が増えるに連れ、にんまりしてた。そういうときに芳のあの姿だから、とんでもないことが起きたんだって想わないほうがおかしい。百姓が帰ると、あたしは芳んとこへ飛んで行って、そして、もっと屋敷から離れた藪のある処まで連れ立って行って、話を聴いた」

　俺が、芳は両国橋を越えて本所の岡場処を目指したと観たとき、本物の芳は根岸の信を頼っていたのだ。

「そしたら、泣きじゃくって、あなたを刺しちゃったって。人殺し、しちゃったって。そればっか繰り返した」

　目の前に広がる境内の色が、変わっちまったようだった。

「あたしと芳は二人しか居ない下女どうしではあったけど、別段、近しかったわけじゃない。国がおんなじとはいっても相模で、二人とも〝相模の女〟でしょ。むしろ、距離を開けるところがあった。だから、芳の話を聴きながら、なんで、あたしなの？　って戸惑ったりはした。でも、あなたも、もっと期待していた他の当てがうまくいかなくてあたしのとこへ来たんでしょ。きっと芳もそうで、他に行こうとしてたところが駄目で、どこも訪ねるところがなくなって、それであたしのところへ来るしかなかったんだと想った」

　こんな話になっても、さすが信だと思うことが、ちょくちょく出てくる。

「そういうつながりだ、っていうのはわかっていたんだけど、きっと性分なのね、あたしは動いた。とりあえず、里への仕送り用に蓄えていた半年分のお足を芳に渡して、自分はあなたがどうなったのかをたしかめるために長後《ちょうご》まで出向いた」

「行ったのか、わざわざ」

それが性分なら、おめでたいくらい損な性分だ。きっと、まだ使ってなかった〝親の危篤〟でも使ったにちげえねえ。

「ええ」

でも、そういう性分だから、女郎が、路地番が、客が付いてくるんだろう。「よし」の信になれるんだろう。

「そしたら、あなたは亡くなっていないとわかった。あたしは直ぐに芳に知らせたわ。あなたは生きてるって。芳は人殺しじゃないって」

もとより、信がいま俺に語っている話は愉快じゃねえ。「よし」に信が来てからだって、二年近くが経っている。その間、芳とのことはおくびにも出さなかった。事情があるのはわかるが、それでも愉快じゃねえのに変わりはねえ。でも、芳が自分が人殺しじゃないってことをとっくに知ってるのを聴いたときは、心底からよかったと思った。

「そのふた月後には、あなた自身があたしを訪ねてきた。長後じゃあ話でたしかめただけだけど、こんどは自分の目でたしかめた。もう、嬉しかったこと。あたしは歓びではち切れそうで、あなたに気づかれるんじゃないかってびくびくしてた。あなたはそれどころじゃなかったみたいだったけど」

俺はとうとう芳と出会えなかったけど、芳と出会う目的は達していたのだ。

実は、俺はてめえを疑っていた。男二人で蕎麦湯を酌み交わしていたとき、銀次が気づかせてくれたように、俺がいまも芳に御札を求めていて、礼をし終えたとたんに、御札を失った不安に襲われるのではないかと想っていた。

けれど、いま、芳が知っていると聴いたとき、よかったの外《ほか》の気持ちは微塵《みじん》も生まれてこなかった。溜まりに溜まった澱《おり》が一気に消え失せて、躰の重さが半分になったような気さえした。

それもこれも、信のお蔭だった。信が長後くんだりまで出張《でば》って、俺の無事をたしかめてくれたお蔭だった。

俺は、信の話をよっく聴け、と言ったときの、銀次の顔を思い出した。

「ずっと黙ってて、怒ってるでしょ」

俺に顔を向けて、信は言った。

「怒ってもいたが、いまは、腹の底からありがてえと思ってるさ」

俺も信の目を見て言った。

「言わなかったのは、芳のことを考えてでもあるけど、それだけじゃない。あたりまえだけど、あたしは芳のために生きてるんじゃないの。芳によかれと動きはしたけど、それはあたしの片袖分くらい。あたしはあたしで生きている。いつもは、芳のことなんてまるで気に留めずに暮らしている」

信はまた顔を前に戻してつづけた。

「あなたに言わなかったのは、あなたが生き生きしてたから。芳の消息を尋ねに屋敷に来たときだって、見ちがえた。下男やってたときのあなたと同じあなたとは思えなかった。紅板もらったときなんか、もっと、そう。物に釣られたみたいで恥ずかしいけど、惚れ惚れしちゃった。こんなのを底惚れって言うんだろなあ、って」

ぬけぬけと、信は言う。俺は青くなったり、赤くなったりだ。

「だから、芳を探すことがあなたを生き生きさせているなら、話さないほうがいいと思ったの。なのに、話すことに変えたのも同じ理由。というか、同じ理由の、逆の理由。芳が見つかりそうになくなると、あなたは急に生気がなくなった。こんなになるなら、話したほうがいいかもしれない。芳が人殺しじゃないのをもう知ってることを、知らせたほうがいいのかもしれない。二度目に銀次さんに相談したのは、そのこと。あたしはあの人の恩人のことをいろいろ知ってるんだけど、話したほうがいいか、話さないほうがいいか。銀次さんは、そればっかりは俺は役に立たねえ、って言った。そいつはあんたにしか決めらんねえよ、って」

「ほうか」

こんどは、また涙が出そうだ。

「でも、あたしは決めらんない。どうしよう、どうしよう、って迷いつづけてるうちに、銀次さんがこんなことになった。ただでさえ生気なくしてたあなたは、もう、蜉蝣《かげろう》みたい。底惚れしてるあたしとしたら、たった一日で死なれちゃあ堪《たま》らない。だから、こうして話すことにした」

なんだか、こっちも堪らねえ。

「話すことで、あなたが芳のこと断ち切れたらいいと思った。いっしょの路地に暮らしていながら、あなたはあたしにぜんぜん顔向けてくれないけど、あたしが直ぐ近くに居るのに気づいてくれたらいいと思った。実は、あなたに惚れたのは、もうずっと前から。芳があなたを刺したと聴いて、長後にたしかめに行ったのも性分なんかじゃない。あなたが気がかりでしかたなかったから。芳のためだったら、行ってない。あなたは芳のためにこんだけのことをやったけど、あなたには芳よりあたしのほうがいいと想うの。あなたはあたしと一緒になったほうが、絶対、幸せになれる」

きっと、ちげえねえだろう。そして銀次は、合わせて三人ではなく、合わせて二人にするために、俺と信を死に目に会わせなかったのだろう。

「でも、あなたがどうしても芳がいいって言うんなら、芳の居るとこ、教えてあげる。芳はちゃんと生きている。岡場処には居ない。あなたが心配しなくていい暮らしを送っている。どうする？　会いに行く？」

「いや」

俺は、妖《あやかし》みてえに広い護持院ヶ原を思い出していた。やっぱり、勘ちがいだったんだと思っていた。勘ちがいで、ここまで来ちまった。

「そっとしとこうや」

こんどこそは、まちがっちゃならねえ。

解　説

細谷正充

本書『底惚れ』は、青山文平の長篇時代小説である。「読楽」二〇二一年二月号から五月号にかけて連載。同年十一月、大幅に加筆修正をして、徳間書店から単行本が刊行された。翌二二年、第十七回中央公論文芸賞と、第三十五回柴田錬三郎賞をダブル受賞した名作である。しかし本書が生れるまでには、いささかの曲折があった。冒頭の粗筋《あらすじ》を記《しる》してから、そのことについて説明しよう。

物語は主人公の〝俺〟の一人称で進んでいく。一年限りの武家屋敷勤めを重ね、四十を過ぎた男だ。未来に希望はないが、さりとて生き方を変えるつもりもない。長年にわたり江戸で暮らしているが、江戸に染まりきらないところがある。

そんな男が、隠居した藩主のお手付きになった下女・芳《よし》の、二度と戻れぬ宿下がりの同行を命じられた。屋敷の用人から言外に、芳を殺して金を奪うように焚《た》きつけられる男は、心を揺らしながら芳の故郷の相模《さがみ》を目指《めざ》す。だがすぐに、思いがけない事件が起こるのだった。

作者のファンならば、この粗筋を読んで、あれっと思ったことだろう。そう、短篇集『江戸染まぬ』収録の表題作と、同じ内容なのだ。ちなみに「江戸染まぬ」の初出は、「オール讀物」二〇二〇年三・四合併号。作者は、この作品をプロローグにして、主人公の波乱の人生を綴《つづ》っているのだ。なお、本書刊行時のインタビューによると、「江戸染まぬ」を書き上げた後、その世界を気に入って、長篇にしたくなったそうだ。

作者の意図は理解したが、短篇を覚えていただけに、本書を読んだときは、以後の意表を突いたストーリー展開に驚いた。行方の分からなくなった芳を、ある理由から探し出そうとする男だが、方法が破天荒《はてんこう》だ。しかも、それを実行することにより、男の人生が大きく変わっていく。変転きわまりない男の姿に、強い興味を抱かずにはいられないのである。

さらに登場人物の少なさにも注目したい。主人公と芳の他の主要人物は、銀次《ぎんじ》という男と、信《のぶ》という女しかいない。だが、だからこそ主人公の心情を、じっくりと掘り下げられたのだろう。江戸に染まりきらなかったのは、男の心に芯《しん》があったからだ。さまざまな垢《あか》に塗《まみ》れた芯は、芳を一途《いちず》に捜し続けることで磨かれていく。

主人公にとって芳は、まさに〝運命の女《ファム・ファタール》〟である。そして、ノワール物に登場する運命の女は、男を破滅に導く。しかし作者は定番の流れを踏襲《とうしゅう》しない。もともと青山作品は、ストーリーがどこに向かうか分からないことが多く、これにより人生の不可思議さや、登場人物の生き方が引き立つようになっている。運命の女を使って、しだいに輝きを増していく男の芯を表現した本書も、そのような作品といっていい。

さらに終盤には、ミステリー的なサプライズが投入されている。どうやら作者は、ミステリーが好きなようで、徒目付《かちめつけ》の片岡直人《かたおかなおと》を主人公にした時代ミステリー『半席』『泳ぐ者』や、ミステリーの要素を入れた『励み場』『父がしたこと』などがある（『半席』は時代小説では珍しい、ハウダニット・ミステリーの収穫だ）。そんな時代ミステリー作家としての手腕が、本書でも遺憾なく発揮されている。

そのサプライズを経《へ》て、物語は見事に着地する。一直線な人生を歩む者は少なく、多くの人は先の見えない曲がりくねった道を歩いていく。もちろん本書の主人公ほど、大きく曲がりくねっていることは稀《まれ》だ。しかし彼の心情に、何度も共感を覚えるだろう。なぜなら私たちも、先の見えない人生を必死で生きているからだ。だから、ラスト一行にたどり着いたとき、いい話を読んだという満足感を得られた。心の内に、熱いものが込みあげた。タイトルそのまま、真底惚れてしまう物語なのである。

二〇二四年三月

この作品は2021年11月徳間書店より刊行されました。

徳間文庫

底《そこ》惚《ぼ》れ

2024年5月15日 初刷

著者 青《あお》山《やま》文《ぶん》平《ぺい》

発行者 小宮英行

発行所 株式会社徳間書店

東京都品川区上大崎三─一─一 〒141─8202

目黒セントラルスクエア

電話 編集〇三(五四〇三)四三四九

販売〇四九(二九三)五五二一

振替 〇〇一四〇─〇─四四三九二

印刷

製本 大日本印刷株式会社

ISBN978-4-19-894944-0 (乱丁、落丁本はお取りかえいたします)